선재의 천수천안

정 휴 칼럼

우리출판사

선재의
천수천안

서 문

산사(山寺)의 빈 방안에 무덤 같은 적막이 쌓여 있고, 침묵만이 사람을 기다리고 있다. 사람이 없을 때는 바람과 물소리가 가득 고여 있다. 이때 가부좌를 틀고 앉아 있으면 무수한 상념이 머리 속에서 빠져나가는 것을 느낄 수 있다. 생각을 비우고 나면 적멸의 빈자리를 만나게 된다. 이 순간 비어 있는 진실한 모습을 볼 수 있다.

자신의 존재의 밑바닥을 깨닫기 위해서는 자신을 비울 때만이 가능하다. 그러나 삶의 궤적을 뒤돌아보면 자기를 비우면서 살아온 시간은 그렇게 많지 않다. 수천 수만의 번뇌와 몸을 섞고 살아왔음을 부인하지 못할 것이다. 마치 몸을 더럽혀온 환속(還俗)한 여인같이 말이다.

누구나 자기를 비우지 못하고 번뇌에 사로잡혀 있을 때 자신을 잃게 되고 본질에서 일탈하게 된다. 지금도 나는 중생과 부처의 갈등을 극복하지 못했을 뿐 아니라 내 자신의 고통 속에 수감되어 있다. 나의 고통은 적멸을 통해서만 해결될 것이다.

수행이란 자기 본질에 대한 회귀이며 순례다. 순례를 위한 고행은 지금도 계속되고 있다.

한편 천수천안(千手千眼)은 세간과 출세간의 삶과 고통을 보고 듣는 눈과 귀다. 때문에 되도록이면 사람의 이야기를 글 속에 담으려고 노력했다. 비록 가진 것은 없으나 맑은 정신과 깨달음으로 사람을 감동시키고 있는 사람들의 모습을 담아 보았다. 아울러 지도층에 있는 사람들 중에서 세간과 출세간을 떠나 상대의 비판과 직언을 받아들이는 넓은 가슴을 가지고 있는 사람들의 이야기와 그것을 받아들이지 못한 사람들의 모습도 담았고, 사회에서 일어난 모든 문제들을 불교적 시각으로 바라보았다.

이 책은 1994년말부터 1998년 10월 중순에 이르기까지 불교신문에 연재된 『천수천안』 칼럼과 법보신문에 『죽비』라는 이름으로 쓴 칼럼을 모은 것이다. 처음 책 제목을 '천수천안'으로 했다가 이번에 '선재의 천수천안'으로 바꾸었다. 애초부터 책으로 묶으려는 뜻은 없었으나, 출판사의 권유로 증보판으로 이렇게 선보이게 되어 기쁘다. 책이 나오기까지 수고해주신 분들에게 감사드린다. 그리고 이 책은 열 권의 전집 가운데 두 번째 책임을 밝혀둔다.

1999년 12월

설악산에서 著者

차 례

오늘의 진어자(眞語者)는 누구인가

"중생의 모든 행과 마음 깊이 생각하는 바와 과거에 얽힌 업(業)과 욕망과 성품, 그리고 모든 날카롭고 둔함을 아시고 부처님은 여러 가지 방편으로 중생의 근기를 따라 제도한다."

《법화경》에서 밝힌 방편에 대한 한 구절이다. 불타(佛陀)는 중생을 제도하는 데 있어 여러 가지 고민을 한 것 같다. 그것은 중생이 지니고 있는 다양한 근기 때문이었다. 자신이 성취한 오도적(悟道的) 삶을 설하기에는 중생의 근기가 성숙되어 있지 않음을 그는 누구보다 사무치게 깨닫고 있었기 때문에 민중의 고통을 구제하기 위해서는 여러 가지 몸을 나투어 보이지 않을 수 없다고 진술하고 있기 때문이다.

그래서 불타(佛陀)는 《원각경》에서 배고픈 사람에게는 배를 채워주는 것이 법이고, 길을 잃고 방황하는 사람들에게는 올바른 길을 가르쳐 주는 것이 법이라고 했다. 그리고 길가에서 헤매고 있는 거지를 제도하기 위해서 스스로 거지가 되어 그들을 제도해야 한다고 설하셨다.

그렇다. 가난한 자의 아픔을 알기 위해서는 스스로 가난한 자가 되어 그들과 고통을 나누어야 한다. 이렇게 여래의 방편은 다양하고 이채롭다. 그리고 이것은 불타의 자비가 우주만물(宇宙萬物)과 더불어 평등함을 웅변적으로 말해준다.

그러나 우리는 중생을 제도하기 위해 부처님이 말씀하신 방편을 실천하지 않고 있다. 스스로 민중의 고통 속에 뛰어들어 그들이 무엇을 앓고 있는가를 듣지도 보지도 못하고 있다.

다만 절에 찾아오는 신도들에게 녹음기처럼 이것이 부처님 말씀이라고 전하고 있을 뿐이다. 그것은 인간이 아닌 로봇도 할 수 있는 일이다.

보살의 빛이란 불교를 믿고 있는 사람에게만 전해져서는 안 된다. 헐벗고 굶주리고 아픔을 당하고 있는 민중에게 전해졌을 때 자비는 완성된다.

오늘의 한국 불교는 보살도를 실천하는 사문(沙門)이 없는 것 같다. 스스로 안일한 생활에 젖어 중생을 외면하고 있다. 보살의 빛이 없는 불교는 죽어있는 종교와 다를 바가 없다. 여래(如來)의 씨앗인 인간성이 침해받고 있는 것을 보고 그대로 있는 것은 수행심(修行心)이 아니다.

부처님을 진어자(眞語者)라고 한 것은 바른 말을 하라는 이야기다. 그러나 오늘의 사문은 이 시대를 위해 진실한 충고 한 마디도 하지 않고 있다. 그래서 오늘의 우리 주위가 삭막하고 적적한 것 같다.

높고 낮음이 없는 혜안

사물의 핵심은 보는 시각에 따라 그 모습이 달라질 수 있다. 육안(肉眼)과 개안(開眼)의 차이라고 할 수 있다. 여기에다가 깨침과 애정이 밑받침되면 그 핵심에 도달하는 데도 차이가 드러난다. 조주(趙州)선사가 남전(南泉)스님을 처음 만났을 때 남전선사가 상서로운 모습을 보았느냐고 질문했다. 그러자 조주는 눈앞에 졸고 있는 여래(如來)를 보고 있다고 대답했다. 조주는 남전을 여래로 보는 안목을 갖고 있었던 것이다.

그리고 애정을 가지고 사물에 접근하면 아무 거부감없이 사물의 본질과 계합할 수 있다. 그래서 원시불교 당시에는 정각(正覺)을 개안자라고 부른 일이 있다. 여기서 개안이란 눈이 열린 자를 의미한다.

효소왕(孝昭王) 때 일이다. 망덕사(望德寺)를 창건하여 낙성법회(落成法會)를 열 때 왕이 몸소 참석하여 기도와 공양을 올렸다. 그때 초라한 옷을 입은 비구가 왕에게 다가가서 자기도 그 법회에 참석할 수 있도록 청했다.

왕은 다 떨어진 누더기를 입은 비구의 청을 허락했다. 그리고 왕은 한 가지를 당부했다.

"스님은 다른 곳에 가서 왕과 함께 이 법회에 참석했다고 말하지 말라."

왕의 위엄과 체통을 생각했던 것이다. 누더기를 걸친 비구는 왕의 분부를 듣고 한바탕 크게 웃고는 왕에게 청했다.

"폐하께서도 다른 사람에게 진신석가(眞身釋迦)를 친견했다고 말하지 마십시오."

왕과 비구 사이에 이루어진 대화의 내용을 보면 서로의 체통을 염려하는 풍자가 있음을 깨달을 수 있다. 거지꼴을 한 비구가 신분 높은 왕과 동석했다고 자랑삼아 떠들고 다니면 자기의 체통과 위신이 깎일 것이라고 왕은 생각했다. 반면 비구는 왕이 진신석가를 친견했다고 자랑하면 지존(至尊)하신 부처님 위신력이 실추될 수 있음을 일깨워 주었다.

성속(聖俗)의 위상도 이렇게 보는 시각에 따라 달라진다. 높고 낮음이 없는 혜안이 있을 때 차별을 극복할 수 있다.

우리 주위에는 직위를 이용해 남을 경시하고 비하하는 일이 있다. 남을 비하하는 오만이 얼마나 부질없는가를 앞의 일화를 통해 깨달아야 할 것이다.

진묵선사의 효성

진묵선사만큼 풍부한 기행과 걸림없는 무애를 남긴 수행인도 없을 것이다. 그가 남긴 일화는 신화와 같은 전설로 남아 있다. 그러나 진묵선사가 남긴 일화는 전설도 신화도 아니고 역사적 삶으로 기록되어 있다.

그가 상운암(上雲庵)에 있을 때였다. 흉년이 들어 절간에 먹을 것이 동이 나서 스님들은 걸식을 나서고 진묵만이 혼자서 절을 지키고 있었다. 달포가 지나서야 탁발을 나섰던 스님들이 보리 몇 말씩을 얻어 절로 돌아왔다. 이때 진묵은 문턱을 짚은 채 벽에 기대고 조는 듯 앉아 있었다. 얼굴에는 거미줄이 끼어 있었고 옷에는 먼지가 자욱하고 손등에는 피가 흘러서 말라붙어 있었다. 열어놓은 창문이 바람에 여닫히면서 문턱을 짚고 있던 그 손등을 쳐서 상처가 나고 피가 흘렀던 것이다.

그런데도 진묵은 선정(禪定)에 들어 손등의 상처도 잊고, 시간이 지난 것도 잊고 있었던 것이다.

탁발을 하고 돌아온 스님들이 흔들어 깨우자, 진묵은 그때야 눈을 뜨면서 "아아, 너희들이 벌써 왔구나. 어찌 이렇게 빨리 돌아왔느냐!"고 반문했다.

　진묵스님의 진면목을 볼 수 있는 일화다. 일화라기보다 신화와 같은 전설같다.

　이렇게 탈속하고 무애한 진묵선사는 어머님에 대한 효성이 지극했다. 그가 남긴 어록 가운데 어머니를 위해 지은 제문은 읽는 사람으로 하여금 가슴을 울리고 눈시울을 붉게 한다.

　'어머니 태 속에 열 달이나 품어 주신 은혜를 어찌 갚사오리까. 슬하에서 3년이나 키워주신 은혜를 잊지 못하겠나이다. 백 세 위에 다시 백 세를 더 사신다고 하더라도 자식의 마음에는 오히려 부족하거늘 백 년 안에 백 년을 채우지 못하고 돌아가시니 어머님의 수명이 어찌 그렇게 짧으십니까……'

　낳고 길러준 은혜를 갚지 못함을 깊이 뉘우치고 있는 부분이 매우 인상적이다.

동진(童眞).

　동진(童眞)이란 아이들이 갖고 있는 천진(天眞)과 심성(心性)을 말한다. 인간의 번뇌나 욕망이 개입되지 않고 좋고 나쁜 것을 분별치 않는 순수한 마음이 천진이다. 이 천진을 옛 조사(祖師)들은 부처라고 파악한 사람도 있고 불성(佛性)이라고 갈파한 분도 있다.

　근대 선사인 혜월선사가 동승을 스승처럼 섬겼다. 스승과 제자의 위치가 바뀌어버린 것이다. 혜월은 하루 종일 동승을 위해 시중을 들었다. 밥 달라고 하면 밥을 지어 바치고, 물 갖다 달라고 하면 물을 떠서 발을 씻어 주었다. 그때마다 동승은 반말이었다. 듣기에도 민망할 정도였다.

　그런데 혜월과 동승의 천진생활은 객승이 개입되고부터 깨져 버렸다. 어느날 객승이 혜월의 거처를 찾았다. 마침 혜월은 외출 준비를 서두르고 있었다. 동승은 반말을 하면서 혜월에게 큰소리로 말했다.

　"필요한 물건을 사오라."

　"큰스님, 알겠습니다."

　하고 혜월은 문 밖을 나섰다.

이 광경을 본 객승은 동승의 무례함을 그냥 둘 수 없었다.

버릇없는 아이라고 꾸짖고 예절과 법도를 가르쳐 주었다. 동승은 두려움에 사로잡혀 객승이 시킨 대로 했다.

혜월이 해질 무렵 돌아오자 '큰스님!' 하고 동승을 찾았다. 동승은 혜월에게 '잘 다녀오셨습니까?' 하며 공손하게 합장을 하고 존댓말을 했다. 동승의 모습이 달라진 것을 금방 알 수 있었다. 그러자 혜월이 객승을 불러 자초지종을 물었다. 객승은 동승이 버릇이 없어 예절과 법도를 가르쳐 주었다고 했다.

"자네의 교육방법과 나의 교육방법은 달라. 내가 예절을 몰라서 아이에게 가르치지 않은 것이 아니야. 천진이 오염되지 않도록 노력한 것이지. 이제 자네가 천진을 깨트려 버렸어. 파천진(破天眞)을 한 것이야."

혜월은 객승의 잘못으로 파천진을 했다고 심하게 꾸짖었다. 그리고 동승을 객승에게 맡기고 절을 떠나버렸다.

중국 동산선사(洞山禪師)는 천진은 신묘해서 미오(迷悟)를 초월해 있다고 말한 바 있다. 천진 그 자체가 오염되지 않은 불성이란 뜻이다. 어린이 교육 역시 파천진이 안 되도록 인성교육이 필요할 때다.

사방을 돌아봐도 사람이 없다

보우선사(普雨禪師)는 말한 바 있다.

"산의 신령스러움은 그 산이 높거나 큰 데에 있지 않고 큰 절이 반드시 뛰어나게 그 자리를 차지해야 신령스럽다."

우리나라 명산에는 그곳마다 천 년의 역사를 지닌 뛰어난 가람이 깊은 산속에 자리하고 있다. 하지만 그렇다고 해서 산이 신령스러운 것은 아니다. 학덕(學德)이 깊고 선지(禪旨)가 밝은 명안납자(明眼衲子)가 있어야 산과 절은 더욱 빛난다.

70년대만 해도 명산 중에는 존경받는 선사들이 많았다. 오대산에는 한암선사(漢岩禪師)의 법맥을 이은 탄허선사(呑虛禪師)가 주석해 산은 한층 무게가 있었고, 오대산의 대명사가 되었다.

그리고 영축산에는 출세간의 사표로 존경받은 경봉노사(鏡峰老師)가 계셔서 법을 묻고 깨치고 싶은 사람들의 발길이 끊어지지 않았다.

또 덕숭산에는 만공선사의 가풍을 전승한 혜암(惠庵), 벽초선사(碧超禪師)가 있었는가 하면, 조계산에는 구산선사(九山禪師)가 보조(普照)의 정혜쌍수의 선풍(禪風)을 진작했고, 가야산에는 성철(性徹) 전 종정이 독특한 법어와 수행규범으로 국민의 정신적

지주가 되어 그의 명성은 가야산보다 높고 깊었다.

그러나 앞에 소개한 선사들의 명성은 단숨에 이루어지지 않았다. 피나는 정진과 치열한 견성실험(見性實驗)이 있었는가 하면, 이사(理事)에 걸림없는 무생법인(無生法忍)을 깨치고 나서 얻은 명성이라 할 수 있다.

오가칠종(五家七宗)을 개산(開山)한 중국 선사들도 반드시 견성을 인가받는 과정을 거치고 나서 자신이 주장하는 종지(宗旨)를 선양했다. 임제선사는 불법의 근본 뜻을 깨치기 위해 황벽에게 구십방(九十棒)을 맞았는가 하면, 운문선사(雲門禪師)는 진전숙(陳尊宿)이 깨침을 말해보라고 독촉했을 때 운문이 자기 견처를 말하지 못하자, 문 밖으로 밀어내며 방문을 얼마나 거칠게 닫았는지 문틈에 운문선사의 발가락이 끼어 평생동안 그 상처를 잊지 못했다고 한다.

현재 선방에서 용맹정진하는 운수납자들이 한결같이 아쉬워하는 것은 의심나는 것을 물어볼 만한 선지식(善知識)이 없다는 것이다. 자성을 돈오한 본분종사(本分宗師)가 없다는 의미다. 경허선사가 깨치고 나서 '사방을 돌아봐도 사람이 없다'고 소리친 뜻을 되새겨 볼 때다.

천수천안(千手千眼)

관음보살(觀音菩薩)이 지니고 있는 중생 구제의 기능은 다양하다. 《법화경》 '보문품(普門品)'을 보면 관세음은 전능적(全能的)이다. 이러한 전능적 기능은 모두 중생구제를 위해서 쓰여지고 있다.

첫째, 보살은 삼십이응신(三十二應身)의 자유자재한 몸을 가지고 필요에 따라 자기 모습을 변화시킬 수 있는 능력이 있다. 또 자비스런 모습으로 나타낼 수 있는 얼굴 모습만 해도 십일면(十一面)이나 된다.

특히 관세음보살의 전능적 기능 가운데 제일 주목되는 것은 천수천안(千手千眼)이다. 손이 천 개이고, 눈이 천 개나 된다. 천 개의 눈으로 이 세상 고통을 모두 살필 수 있고, 그 고통을 천 개의 손으로 구제한다. 그래서 그의 이름이 관세음(觀世音)이다. 세상의 고통과 신음을 마음으로 관찰하고 마음으로 듣는다. 그래서 그의 명호만 부르면 관세음은 어느 곳에서든지 몸을 나타낸다.

그러나 관세음의 구세(救世)의 본질은 자비다. 자비가 중생구제의 절대적 가치임을 우리에게 깨우쳐 준 것이다.

관세음의 전능적 기능은 오늘의 지도자들이 갖추어야 할 덕목이다. 지도자는 귀가 커야 한다. 지혜스런 눈을 가져야 민심의 소재를 파악할 수 있다. 그리고 자비스러워야 백성을 감동시킬 수 있다. 지도자가 눈과 귀를 막아 버릴 때 백성을 외면하게 되고 자만에 빠지게 된다. 지도자의 자만은 새로운 권위를 탄생시키는 원인이 될 수 있다. 그래서 옛 성인들은 치자(治者)의 덕목 가운데 먼저 백성을 사랑하라고 주문하고 있다. 따지고 보면 가장 쉬운 일이면서 실천하기 어려운 것이 백성을 위로하고 자기 잘못을 말하는 일이다.

먼저 백성을 감동시키려면 자기 욕심과 자만을 이겨야 한다. 이것이 극기다. 민심을 얻는 방법은 관즉득중(寬則得衆)에서부터 시작되어야 한다. 너그럽고 부드러운 덕으로 다스릴 때 민심을 얻을 수 있다는 의미다. 그래서 천금(千金)을 잃는 경우가 있다 할지라도 사람의 마음은 잃지 말라고 했다.

자성(自省)하는 일은 모든 사람에게 새롭게 태어나는 계기가 된다.

사랑스런 말은 마음을 연다

누구나 지도자 위치에 있게 되면 듣기 거북한 이야기보다 귀에 솔깃한 말을 듣기 좋아하는 것 같다. 특히 권력 앞에서의 직언(直言)이란 자기를 희생할 용기가 없으면 하기 어렵다. 비록 충간(忠諫)이라 할지라도 소화할 덕량(德量)이 없게 되면 화를 자초하는 사람들이 왕조시대에는 많았다. 반면 성군일수록 직언을 서슴지 않는 신하를 가까이 하여 민심을 들었다고 한다.

당(唐)나라 현종(玄宗)이 한휴(韓休)라는 신하의 직언 때문에 몸이 야위어졌다는 일화는 너무 잘 알려져 있다. 직언을 하는 사람에게는 용기가 필요하지만, 직언을 듣고 소화하는 쪽은 무서운 인내가 필요하다. 그래서 항상 인내와 인욕에는 용서하는 정신이 있어야 한다고 했다.

그러나 지도자는 항상 백성을 두려워하고 충언을 귀담아 듣는 덕량을 가지고 있어야 한다. 직언을 고까워하고, 비판을 부정으로 오인하는 한 잘못은 바로잡기 힘들다. 정신의 매질을 통해서 인간은 성장하고 사회는 성숙한다.

프랑스 부르봉 왕가가 민심과 비판을 외면해 끝내 비극을 맞은 사실은 잘 알려져 있다. 민의를 구할 때 지도력은 강화되고 비판을 귀담아 들을 때 국민의 협조가 열린다. 그리고 대화는 정치적 현안과 실타래처럼 엉킨 문제를 풀어가는 요체다. 대화에 인색한 사람들의 마음에는 항상 아집과 독선이 자리잡고 있음을 자각해야 한다. 아울러 타협은 서로의 양보를 통해서만이 가능하다.

또한 충간(忠諫)에는 따뜻한 애정과 대안이 반드시 담겨 있어야 한다. 말에 칼날이 서면 상대에게 상처를 주고 끝내는 폭력이 되고 만다.

그래서 부처님은 애어(愛語)를 강조하고 있다. 애어란 거짓말을 하지 않고 남을 모함하지 않으며 오직 자비스런 마음에서 우러나오는 지혜스런 말이라고 했다.

무소유의 참뜻

부처님 생존시의 일이다. 어느 날 돈 많은 장자(長者)가 꽃공양을 하려고 하자, 부처님은 방하착(放下着) 하라고 타이르듯 말했다. 장자는 손에 들고 있는 꽃을 버렸다. 다시 방하착 하라고 하자, 장자는 버릴 것이 없다고 말했다. 이때 부처님은 방하착의 참된 뜻은 꽃을 버리라는 것이 아니라, 너의 마음속에 자라고 있는 탐욕을 버리라는 의미였다고 깨우쳐 주었다.

모든 고통은 탐욕과 집착에서부터 비롯된다. 한 순간 욕망을 일으키면 누구나 그 욕망에 속박된다. 그래서 수많은 영화를 누린 사람은 반드시 고통도 그만큼 받게 되는 것이 세상의 이치다. 즐거움 속에는 항상 고통의 씨앗이 자라고 있기 때문이다.

아무것도 지니고 있지 않고 구하는 것이 없다면, 고통은 만들어지지 않는다. 바로 이것이 무소유의 자유이며 즐거움이다. 우리가 현재의 속박에서 자유스러워지려면 소유한 것을 버릴 때만이 가능하다. 간디는 무소유란 오늘 필요치 않는 것을 간직해 두지 않는 것이라고 일찍이 말한 일이 있다. 적게 가질수록 더욱 많이 사랑하고 큰 것을 가질 수 있음을 사람들은 깨닫지 못하고 있다.

눈밝은 선지식일수록 소유를 싫어했고 시은(施恩)을 멀리했다.

일의일발(一衣一鉢) 속에 출가의 근본 뜻이 있다고 자부했다. 그러나 그들은 정신적으로 풍성하게 존재했다. 우리에게 '무자(無字)' 화두를 전한 조주선사 역시 일생 동안 시은을 구하는 일이 없었고, 화주책을 돌린 일이 없었다. 중국 임제선사도 아무것도 없는 것 가운데 한량없는 보배가 있다고 했다.

요사이 우리 주위에는 생전에 무소유를 실천한 스승의 정신과는 달리 동상과 부도(浮屠)가 너무 크고 화려하게 조성된다고 하여 화제다. 스승의 유지를 잘 받드는 일인지 생각해 볼 일이다.

일본 최고 문학상인 아쿠다카와 상을 받은 유미리 씨는 자신이 정신적으로 얻은 것은 '없다의 세계'라고 했다. 아무것도 없는 가운데 무한한 자유와 풍요가 있다고 밝힌 그녀의 목소리가 점점 커지는 이유는 무엇 때문일까.

염치가 없으면 악(惡)을 보지 못한다

권위를 앞세운 사람일수록 자기 반성에 인색한 반면 고언(苦言)을 듣는 데도 너그럽지 못하다. 반성을 잃게 되면 자기 허물도 깨닫지 못할 뿐 아니라 책임도 외면하고 만다. 바로 이런 사람을 염치가 없는 사람이라고 한다.

염치란 '염(廉)' 자와 '치(恥)' 자의 합성어다. 염은 마음이 깨끗하다는 뜻을 가지고 있고, 치는 부끄럽다는 뜻이다. 염치가 없다 하면 욕심이 많고 부끄러움을 모른다는 뜻이다.

서산(西山)스님은 허물이 있거든 곧 참회하고 그릇된 일이 있으면 부끄러워할 줄 아는 데에 대장부의 기상이 있다고 했다. 참회가 있을 때 사람은 새롭게 태어날 수 있다. 사람이 산다는 것은 끝없는 자기 개선의 길이기 때문이다. 그리고 옛사람들은 남을 다스리는 위치에 있는 사람은 반드시 염치를 알아야 한다고 강조했다.

그런데 한보사건을 보고 국민들은, 우리 주위에 염치가 없는 무리가 많다는 데 실망하고 있다. 건국 이래 최대 금융사건에 대해 지도층에 있는 사람들은 한결같이 나는 책임이 없다고 오히려 화를 내고 있다. 책임을 회피하다 못해 큰소리로 세상을 향해 대드는 인상을 주고 있다. 그래서 우리는 지금 염치와 책임이 실종한 사회에 살고 있는 기분이다. 시중의 작은 기업도 일을 그르치면 임원들 모두가 잘못을 저지르지 않았더라도 그 자리에서 물러나는 자세를 보인다.

일찍이 맹자(孟子)는 염치가 없으면 악(惡)을 보지 못한다고 했다. 악을 악으로 보지 못하면 의로움이 없다 했고, 의(義)가 없는 세상은 물리적 힘밖에 통하지 않는다고 했다.

그리고 공자(孔子)는 책임을 통감하지 못하고 벼슬과 국록을 받는다는 것은 부끄러운 일이라고 했다. 공자의 염치의 철학은 상류사회의 염치 없음을 일깨운 데 있었다. 잘못을 부끄러워하고 반성이 없게 되면 사회 정의를 논할 수 없게 된다. 그래서 서산스님은 참회하고 부끄러워하는 일이 대장부 기상이라고 했다.

올바른 고언과 비판을 허용치 않을 때 정당한 말이 비방으로 들리게 되고 책임을 회피할 때 불신이 커진다는 사실을 잊지 말아야 할 것이다.

방생정신(放生精神)

불교에서는 사랑이란 말을 잘 쓰지 않는다. 그렇다고 종교적 차별 때문에 그런 것도 아니고 다만 사랑이란 말 대신 자비(慈悲)란 말을 사용하여 인간이 지니고 있는 절대적 사랑의 의미를 깨우치고 있다. 물론 기독교적 사랑의 의미가 우리가 일상에서 사용하는 사랑의 의미와 다름도 잘 알고 있다. 그리고 아가페적 사랑의 본질은 너와 나의 차별이 존재치 않는 절대적인 인간애임을 성경(聖經)은 밝히고 있다.

불교의 자비도 마찬가지다. 어머니가 자기 외아들 목숨을 지키듯이 모든 살아있는 것에 대해서 한량없는 자애를 일으키는 것이 자비라고 원시경전(原始經典)은 밝히고 있다. 그리고 중생을 사랑하여 기쁨을 주는 것을 '자(慈)'라 하고, 중생을 가엾이 여겨 괴로움을 없애주는 일을 '비(悲)'라고 한다. 이것은 인간이 태어날 때부터 갖추고 있는 숭고한 인간 정신이다.

그러나 오늘날 현대인은 본능과 욕망의 습기(濕氣)에 의해 위에서 말한 인간 정신을 잃어버리고 삶을 위해 온갖 수단방법을 동원하고 있다. 그래서 인간의 삶이 황폐하고 삭막하다.

신라의 거승(巨僧) 혜통(惠通)은 출가 전 친구들과 같이 밤에 술 안주삼아 수달피 한 마리를 잡아먹은 일이 있었다. 그런데 뒷날 아침 잠에서 깨어났을 때 뼈만 남아 있어야 할 수달피 모습이 보이질 않았다. 다만 핏방울이 흘러 있었다. 혜통은 이상하여 핏자국을 따라가 보았다. 그런데 뼈만 남은 수달피가 낳은 지 얼마 안된 새끼를 안고 있지 않은가. 그는 깜짝 놀라고 말았다.

이때 혜통은 살생(殺生)이란 참으로 고통스런 일임을 깨달았고 모든 만물은 평등하게 고귀한 생명을 지니고 있음을 깊이 깨달을 수 있었다.

그래서 불교에서는 살아있는 목숨이 죽게 되었을 때 그것을 구제하여 주는 방생정신(放生精神)이 있다. 힘이 없어 죽게 되었을 때 그것을 자비로 구제해 주는 것이 방생이다.

근대 고승 혜월(慧月)은 방생을 대표적으로 실천했던 스님이다. 그는 부산 선암사(仙岩寺) 밑 계곡에서 여름철 미꾸라지를 잡고 있는 사람들에게 그 미꾸라지를 사서 그들이 보는 앞에서 살려준 일이 있었다. 그러나 추어탕을 생각하는 장사꾼들은 혜월의 위대한 방생정신을 이해하지 못했다.

생명체는 하나다

언젠가 황새 한 마리가 독극물에 의해 죽었다 하여 온 매스컴이 총동원되어 황새의 죽음을 애도하고 독극물을 놓은 몰지각한 사람의 비인간적 처사를 매도하는 것을 보고 씁쓸했던 기억이 있다.

언제부터 우리가 이렇게 목숨을 지니고 있는 동물에 대해서 사랑과 자비, 그리고 방생정신을 강조해 본 일이 있었는가. 또 하필 황새 한 마리 죽음에 대해서만 인간의 잔인함을 지적하고 있는지 그 이유를 알 수 없었다.

만물은 본질적으로 하나의 생명을 지니고 있고 살려고 하는 의지가 있다. 그래서 부처님은 살생을 하게 되면 단명(短命)과 다병(多病)의 인과를 받는다고 했다.

불교의 자비는 인간에게만 서로 통하는 정신이 아니라 목숨을 지니고 있는 모든 생명체를 평등하게 사랑하는 정신이다. 그러나 인간의 마음 씀씀이에 따라 애정의 차별은 생긴다. 그것은 원효대사(元曉大師)가 말했듯이 다같은 물을 마셔도 소가 마시면 젖이 되지만, 뱀이 마시면 독이 되는 이치와 다를 바 없다. 입으로만 사랑과 자비를 외칠 것이 아니라 고통받는 삶을 향해 몸소 자비를 실천할 때 위대한 인간애는 성취된다. 그리고 우리들 스스로가 마음속

에 자리잡고 있는 비인간적인 잔인한 성격을 끄집어내어 불살라
버려야 하겠다.

　중생이라는 말은 마음의 근본을 깨치지 못한 인간만을 두고 지
칭한 말은 아니다. 만물이 각기 지니고 있는 개체의 뭇 생명체란
뜻이다. 그러나 생명체는 하나다. 이 하나인 생명체를 사랑하는 방
생정신이 지금 우리에게는 절실히 필요하다.

탐욕은 속박과 부패를 낳는다

수행자의 삶은 청빈과 무소유에서 출발한다. 일의일발(一衣一鉢)이 전 재산이라고 할 수 있다. 그밖에 구하는 것이 있다면 출가자의 본분을 잃는 일이요, 세속적 욕망에 몸을 섞는 일이다. 내심자증(內心自證)의 안목은 아무것도 갖고 있지 않을 때 열린다. 탐(貪)과 진(瞋), 치(痴)의 세 가지 번뇌를 가지고 있으면 사물로부터 자유로워질 수 없다. 지나친 탐욕은 속박을 만들고 자기를 부패케 한다. 그래서 삼독이 인간을 병들게 하는 근본이라고 한 것이다. 자신의 분수를 알고 욕망을 자제할 수 있는 힘은 무소유를 실천할 때 이루어진다.

그러나 정치권력에 몸담고 있는 사람들은 한결같이 명예와 부를 함께 누리려는 욕망을 갖고 있다. 거기다가 자기 분수를 잃고 탐욕에 사로잡히다 보면 누구나 패가망신의 늪으로 추락하고 만다. 권력이란 국민이 잠시동안 위임한 것에 불과하다. 국민이 위임한 권력을 탐욕을 채우는 데 사용한다면 곧 그것은 국민을 배신하는 일이다.

노자(老子)는 공직자의 부패를 막기 위해 다음과 같이 말한 일이 있다.

"탐욕을 채우는 것과 욕심을 버리는 것 중 어느 편이 근심 걱정을 불러일으키는가."

그리고 재물이 많으면 반드시 크게 잃게 될 것이라고 경책했다.

그뿐 아니다. 부처님은 길가에 있는 금괴를 보고 '독사 보아라'라고 소리친 일이 있다. 또 노자는 누구나 자기 자신의 분수를 알면 욕되지 않고 그칠 줄 알면 위태롭지 않다고 했다.

그러나 명예와 부를 탐닉하고 있는 사람들에게 노자의 이야기는 깨우침의 교훈이 되지 못하고 메아리로 그치고 있는 것 같다. 옛 성인의 말 가운데 자기 구제의 길이 열려 있음을 사람들은 깨닫지 못하고 있다.

수행자 중에도 삼독의 굴레에서 벗어나기 위해 육신을 학대해 가면서 무소유를 실천한 조사(祖師)들이 있었다. 특히 한산(寒山)과 습득(拾得)은 남이 버린 음식을 먹으면서 그 고을 자사(刺史)가 시물(施物)을 갖고 찾아오자 '이 도둑놈!' 하고 소리쳐 쫓아버렸다. 그것이 자신을 더럽히는 물건임을 알았기 때문이다.

빈손으로 왔다 빈손으로 가는 것을

　권력과 재산을 많이 지닌 사람들은 대부분 죽음에 이르러 유언을 남긴다. 그 유언의 내용에 따라 여러가지 화제를 불러 일으킨다. 그러나 자신이 누리고 지닌 권력과 재산은 죽음 앞에 무력하다. 빈손으로 왔다가 빈손으로 가기 때문이다. 빈손으로 돌아가는 것이 우리들의 살림살이라고 서산스님은 말했다. 이 공수거(空手去)의 본질을 깨달은 사람일수록 일생동안 모은 재산을 사회에 회향하고 시신마저 병원에 기증해 버린다.

　공병우 박사와 유일한 박사의 경우가 대표적인 예라고 할 수 있다. 공병우 박사는 자신의 시신을 병원에 기증하면서 무덤자리 한평에 차라리 콩을 심는 것이 낫다 했고, 유한양행 창업자인 유일한 박사는 전 재산을 사회에 되돌려 주고 빈손으로 떠났다. 따지고 보면 이들만이 빈손으로 떠난 것이 아니라 모든 사람들이 그랬다. 생전에 누린 권력과 재산을 죽어서 가져간 사람은 없다.

　중국의 작은 거인 등소평은 12억 인구를 이끌어 온 절대 권력자였다. 지금 그의 유언이 세계적인 화제가 되고 있다. 유언 내용이 생전에 누렸던 권력에 비해 너무 소박하고 초라하기 때문이다. 등소평은 자신의 시신의 일부를 기증하고 나머지는 화장해 버리라고 당부하고 있다. 그보다 앞서 죽은 주은래의 시신은 화장하여 양자강에 뿌려졌다. 일본의 어느 황후도 임종에 이르자 자기 육신을 깊은 산속에 버려 짐승들의 요깃거리가 되게 하라고 유언을 남긴 일이 있다. 사람은 누구나 죽게 되면 자연으로 돌아가 흙이 되고 만다. 생명이 있는 존재는 반드시 적멸의 허무를 만든다.

중국 청활선사(淸豁禪師)는 자신의 입적을 예감하고 문도들을 불러 모아놓고 다음과 같이 말했다.

"내가 입적하면 시신을 벌레들에게 주어라. 그리고 절대로 부도나 비를 세우지 말라."

청활선사는 이 유언을 남기고 깊은 산속으로 들어가 반석 위에서 가부좌를 틀고 그대로 입적했다.

오늘날 우리 주위에 있는 선지식(善知識)과 문도들은 청활선사의 유언을 귀담아 들어야 할 것이다.

일에는 성쇠와 인과가 있다

　만목(萬目)과 이목(二目)을 통해 보는 시각과 여론의 차이는 다를 수밖에 없다. 정치 지도자는 두 눈으로 세상을 살피지만 국민은 만목으로 지도자의 모습을 본다.

　그러나 이도 과거의 일이 되어 버렸다. 오늘날 위정자는 옛날과 달리 다양한 정보조직을 갖고 있어 민심을 두루 살필 수 있다. 마치 관세음보살이 천수천안을 통해 모든 중생의 소리를 듣고 고난과 재앙을 구제하는 것과 같다.

　천수천안(千手千眼)은 오늘날 전자통신과 같은 정보기능이라 할 수 있고 바로 민심을 살피는 눈과 귀다. 민심을 얻지 않고는 국민의 뜻 하나로 통합할 수 없다. 훌륭한 지도자일수록 만목을 의식한다. 왜냐하면 국민이 만목만으로 지도자를 바라보고 있기 때문이다. 만목의 여론을 외면한 지도자는 직언(直言)을 외면하게 되고 끝내는 민심을 잃게 된다.

　그러나 국민의 많은 눈이 자기를 보고 있다고 깨달을 때 백성의 소리에 귀를 기울이게 되고 올바른 언로(言路)가 열리게 된다. 그래서 '준남자'는 만목으로 세상을 살피고 국민의 비판의 소리를 들어야 한다. 만약 비판을 겸허하게 받아들이지 못하고 적개심을 갖는다면 잘못은 바로잡을 수 없다.

관세음보살은 천수천안을 통해 중생의 원하는 소리를 듣고 먼저 대비심(大悲心)을 일으켰다. 대비심이란 인류애인 동시에 중생의 고통과 슬픔을 같이하는 마음이다. 만약 지도자가 비판의 소리를 수용하지 못하고 규제와 억압을 앞세우다 보면 더 큰 과오를 범하게 된다. 비판 속에 담겨있는 내용은 자기를 자성하는 일이요, 막힌 귀를 열게 하고 지도자의 실수를 줄이게 할 수 있다.

그리고 순자(荀子)처럼 잘못을 질책하는 사람을 스승으로 삼고 아첨하는 무리를 도적으로 여기는 현명한 판단이 있어야 한다.

모든 일에는 항상 성쇠와 역사의 인과가 있다. 오늘의 잘못이 내일의 재앙이 될 수 있음을 잊어서는 안 된다.

인간과 사회를 병들게 하는 것

화택(火宅)이란 우리가 살고 있는 세상이 불타고 있는 집과 다름없다고 《법화경》 '비유품'에서 설파한 내용이다. 그리고 욕망 속에는 자신과 세계를 불태울 수 있는 불씨가 있다고 했다.

항상 인간과 사회를 병들게 하는 원인은 삼독(三毒)이다. 이 삼독이 권력 있는 자에게 있게 되면 부패를 낳고, 재벌들에게는 파산(破産)의 비극을 초래하게 된다. 그리고 정치인들이 삼독을 버리지 못하면 패가망신의 재앙을 초래하고 만다.

그동안 우리가 체험했던 큰 사건의 이면에는 항상 권력과 돈이 개입되어 있었다. 권력과 돈이 삼독에 의해 사용될 때 부정부패를 낳는다. 이것은 역사적 교훈인 동시에 삶의 진실이다.

사회생활을 하는 데 있어 가장 큰 불행과 비극은 국민 각자의 신뢰의 상실이다. 정치권력을 믿지 못하고 서로가 서로를 믿지 못하는 것처럼 불행한 일은 없다. 그리고 정치의 불신은 민심이 탈을 초래한다. 나아가 사회의 기강이 무너짐은 물론이다.

신의는 개인과 사회생활의 근본 질서다. 따라서 또 신의(信義)의 결여는 사회의 도덕적 질서의 붕괴를 의미한다. 그뿐 아니라 국민이 신의가 충만한 사회를 이룩할 때 인간다운 사회를 만들

수 있다. 삶의 진실은 비리나 부정부패로 만들어지지 않는다.

일찍이 소크라테스는 아테네 시민들을 향해 축재할 생각이나 하고 명리(名利)와 영예에만 골몰하여 지혜와 진리로 영혼을 아름답게 하는 일에 마음을 쓰지 않으면 치욕적인 재앙을 만나게 될 것이라 했다. 두고두고 새겨 볼 일이다.

새들은 종일 한자리에서 울지 않는다

숲들도 밤이면 깊은 잠에 든다. 깊은 적막을 안고 숨소리마저 거두어들인다. 새들도 둥지로 돌아가고 간간이 바람소리만이 나뭇가지를 스치고 지나갈 뿐이다. 스스로 제자리로 돌아가 잠을 잔다. 이때 침묵은 언어가 된다.

새벽 예불이 끝나면 숲들은 다시 기지개를 펴며 나뭇가지를 흔든다. 잠을 깨고 자연을 경작하기 시작한다. 여명이 걷히기 시작하면 새들이 숲을 찾아 울기 시작한다. 그것은 울음이 아니라 새들만의 언어다. 그 음색도 각기 다르다. 새소리를 분별하기 위해서는 사유와 정신 집중이 필요하다. 만약 여기에 인간의 소음이 개입되거나 마음이 흩어지면 그 음색을 분별하기 어렵다. 자연에 가까워지기 위해서는 자연이 지니고 있는 적막을 배우고 익혀야 한다.

그런데 새들은 하루 종일 한 자리에서 울지 않는다. 여명이 걷히기 전에 우는 새가 있는가 하면, 먼동이 트기 시작하면 처음 찾아왔던 새는 자리를 옮겨 어디론가 사라지고 다른 새들이 찾아와 화음들을 이룬다. 아침 햇살을 받는 숲은 마치 연주장 같다. 새들이 쏟아내는 통곡이 삶이 되고, 음악이 된다. 그래서 새들은 울음을 그치지 않고 수많은 언어를 만들어 낸다.

그러나 말이 많으면 허물이 생기기 마련이다. 진리의 본체에는 말이 끊어져 있다. 그뿐 아니라 인간의 사유(思惟)로도 미치지 못할 때 본체가 드러난다고 옛 조사들은 말했다. 말에 애정과 자비가 담겨 있지 않으면 그것은 악담이 되고 기어(綺語)가 되고 만다. 그런데 우리는 너무나 많은 말을 하여 이웃을 속이고 있다.

중국 중현선사(重顯禪師)는 20세에 출가하여 향림(香林)의 문하에서 오도(悟道)를 성취했다.

중현선사는 깨치기 전 어느날 이렇게 물었다.

"한 생각도 일으키지 않았는데 어찌 허물이 크다 합니까?"

이때 향림은 그를 가까이 오라고 하더니, 입을 때려 주었다. 그때 중현선사는 크게 깨쳤다.

하루는 중현선사가 열반에 들겠다고 선언했다. 이때 제자가 임종게를 부탁하자, '내가 평생에 말을 너무 많이 한 것이 걱정이 된다' 하시고 그 이튿날 모든 소지품을 대중에게 나누어 주고 입적했다.

또 승찬선사(僧讚禪師)는 염기염멸(念起念滅)이 생사와 열반이라 했다. 생각 속에 생멸이 이루어지는 소중한 진리를 깨닫게 하고 있다.

무외시(無畏施) 정신

새날이 밝았다고 해서 우리의 일상적인 삶이 새로워지는 것은 아니다. 타성에 빠져 있는 자신을 일깨워서 반조(返照)의 눈을 떠야 한다. 그리고 새로운 발원(發願)으로 자기형성의 길을 열어야 한다. 그동안 우리는 반복되는 일상을 되풀이했을 뿐이다. 발원이란 자기 개선의 의지인 동시에 서원(誓願)이다. 창조의 의지와 소망이 없으면 우리가 만든 환경의 둘레에 갇혀 자주적(自主的) 삶을 살기 어렵다.

모든 불보살(佛菩薩)들은 자기 근기에 맞는 발원을 하고 그것을 실천에 옮겼다. 부처님은 열 가지 발원을 통해 중생을 삼독(三毒)과 생사에서 해탈시켰는가 하면, 아미타여래(阿彌陀如來)는 사십팔대원(四十八大願)을 서원하여 불교의 이상향(理想鄕)이라 할 수 있는 극락국토(極樂國土)를 이루어 내었다. 인간을 변화시키는 것은 명예와 직위가 아니다. 순간순간 최선을 다해 자기 몫의 삶을 충실히 살면서 이타적(利他的) 원행(願行)을 할 때 새날은 시작된다.

임제선사(臨濟禪師)는 자기 향상의 길을 다음과 같이 말했다.

"수처작주(隨處作主) 입처개진(立處皆眞)하라.(너희가 이르는 곳마다 주인이 되면 어느 곳에 있든 진실을 이루어낼 것이다)"

그리고 고려 진각국사(眞覺國師)는 정월 초하룻날에 이렇게 말했다.

"어린이에게는 한 살이 보태지고 노인에게는 한 살이 줄어지며 늙고 어림에 상관없는 이에게는 줄지도 않고 보태지지도 않을 것이다. 보태고 줄어짐이 있거나 말거나 모두 한쪽에 놓아버려라."

진각국사는 우리에게 증감이 없는 삶을 살도록 가르치고 있다.

발원(發願)과 소망은 그 의미가 다르다. 소망은 개인적이요, 사적(私的)인 바람에 불과하지만 원력은 나만이 아니라 이웃에게까지 덕(德)을 입히는 이타적(利他的) 미덕(美德)이 된다. 공덕(功德)은 이웃을 위해 베풀고 나누어 가질 때 이루어진다. 많은 사람을 감동시키는 것도 그럴 듯한 말보다 덕행(德行)이 있을 때 중생은 닫힌 마음을 열게 된다.

우리 자신의 심적 상태를 드러낸 것이 우리가 살고 있는 사회라면 너무 살벌하고 삭막하다. 삭막한 삶의 둘레를 소생시키는 것은 무엇보다 무외시(無畏施) 정신이 있어야 한다. 무외시란 두려움과 미움이 없는 화평(和平)을 뜻한다. 그리고 살맛나는 세상을 만드는 요체(要諦) 역시 이타적 비원(悲願)과 무외시(無畏施)다. 이 무외시의 실천이 우리들의 발원이다.

구도(求道)

봄은 남도 땅에서부터 시작된다. 마치 어린 생명처럼 태어나 꽃길을 연다. 꽃은 피는 것이 아니라 순례자처럼 우리 곁에 온다. 그래서 꽃이 왔다고 한다. 생명의 본질은 생멸이 없기 때문에 탄생이 이루어진다. 꽃이 온 것은 새로운 생명의 탄생이고, 봄의 시작이다. 봄의 섭리는 전류처럼 이 땅에 잠들어 있는 생명을 일으켜 꽃길을 열어 불길을 당긴다.

화신(花信)은 마치 어린아이처럼 북쪽을 향해 걷다가 날이 갈수록 하루 몇십 리 길을 달려온다. 그래서 남쪽에는 벚꽃이 만발하고 목련이 피었다가 졌다고 한다. 가을에는 조락(凋落)이 있다. 그것이 바로 적멸의 침묵이다. 조락 속에는 일몰(日沒)의 황혼(黃昏)이 있고, 우리가 간직해야 할 침묵이 있다.

봄이 남도 땅에서 시작된다면, 가을은 설악 대청봉(大靑峰)에서 시작되어 어린아이처럼 하산(下山)하여 남도 땅을 향해 달려간다. 작년에 남도 끝에서 소멸된 가을의 잔해가 이제 새로운 생명으로 탄생되어 북상(北上)하고 있는 것이다. 긴 겨울 속에 가부좌를 틀고 앉아 있던 납자(衲子)가 해제(解制)의 문을 열고 만행(萬行)길에 나선 것처럼 만물(萬物)과 몸을 섞고 있다. 그리고 지난 가을 우리들의 옷깃을 스치며 지나던 바람이 나뭇가지를 스치며 꽃망울을 터뜨리고 있다. 이렇게 우리는 스스로 떠나 보냈던 것들과 해후를 한다. 새로운 만남이 시작된 것이다.

한겨울 삭막했던 가슴속에도 뜨거운 바람소리가 스며들고 물기가 고인다. 가슴도 푸른 들판이 될 것이다. 우리가 자신을 읽는 침묵을 갖고 있을 때 나무에도 뜨거운 피가 도는 것을 깨달을 수 있다.

누구나 행동에 의해 구원을 받는다. 그 행동의 내용이 생산적이고 창조적이면서 깨우침의 의미를 담고 있을 때, 우리는 다시 태어날 수 있다. 구도(求道)가 바로 다시 한번 태어나기 위한 집중적 헌신(獻身)임을 지금 깨달을 때다.

선(禪)이란 무엇인가?

요즘 산사(山寺)에 앉아 있으면 자연의 새로운 신비와 경이로움을 체험할 수 있다. 여명이 걷힐 때 창문을 열고 앉아 있으면 산만이 지닌 침묵과 고요가 다가온다. 어둠은 깊은 계곡 속으로 사라지고 영롱한 햇살이 쌓이면서 잠들어 있던 숲들은 깨어나고 새들은 제각기 음색(音色)을 가다듬어 울기 시작한다. 그것은 울음이 아니라 새들만이 부를 수 있는 창법으로 부르는 노래다. 그리고 헤아릴 수 없는 나뭇잎들이 태양을 향해 고개를 쳐든다. 이러한 자연의 신비와 경이로움을 체험하려면 무엇보다 침묵과 고요가 있어야 한다. 주위가 요란하면 자연의 움직임이 들리지 않는다.

방안에 무덤 같은 고요가 쌓여있을 때 자연의 숨소리가 들린다. 새들의 노랫소리가 그치면 바람은 꽃 향기를 실어나른다. 산에는 수많은 꽃들이 피어있다. 처음에는 꽃 향기가 있더니, 그 다음에는 더덕 향기가 사람을 취하게 한다.

살아있는 생명체는 그 나름의 향기를 지니고 있다. 그래서 꽃에 따라 향기도 다르다. 사람에게도 인격에서 배어나오는 향기가 있다.

훌륭한 덕성(德性)을 지닌 사람일수록 마주 대하고 있으면 감

회가 깊고 넓다. 짜증이나 저항감이 일어나지 않고 어머니 품속
처럼 아늑하고 편안하다.

삼학(三學)에도 그 향기가 있다. 계행(戒行)이 깨끗하고 선정
(禪定)이 깊으면 꽃 향기와 다른 향내음이 있다. 그리고 지혜가
깊으면 사람을 감동시키는 향기로움이 있다. 그러나 자연이 만들
어 내는 향기로움을 누구나 만날 수 있는 것은 아니다. 침묵과 고
요가 있어야 하고 거기에 순수한 집중이 있어야 한다.

선(禪)이란 따지고 보면 집중(集中)을 통해 존재의 실상(實相)
을 깨닫는 행위다. 명상과 사유(思惟)가 없는 사람일수록 살펴보
면 정신이 메말라 있음을 깨달을 수 있다.

음식은 육신을 살찌우게 하지만, 순수한 집중(集中)의 사유(思
惟)는 정신을 살찌게 하고 올바른 정신을 형성케 한다.

사유가 깊을수록 인간은 밝은 정신의 뜰을 지닐 수 있다.

가기는 가지만 가는 길이 다르다

왕조시대에는 국가 권력과 직결된 승려의 직위가 많았다. 지혜를 겸비하고 덕망을 갖춘 승려들은 대국통이 아니면 왕사(王師)와 국사(國師)로 책봉되어 국정운영과 통치이념을 제공하여 명성을 떨치기도 했는가 하면, 스스로 권력을 외면하고 서민대중과 함께 더불어 살면서 수행에 전념하면서 왕의 부름을 받고도 거침없이 거절한 선사들도 있었다.

특히 혜능(慧能)은 혜안(慧安)과 신수(神秀)의 천거로 국사(國師)에 책봉한다는 칙명을 받고도 늙고 병들었다는 이유로 왕명(王命)을 따르지 않았다. 또 승조선사는 왕명을 거역한 죄로 단두대에 서서도 '내 몸은 원래 텅빈 것, 비록 목을 자르더라도 그것은 봄바람을 베는 것과 다를 바 없다'는 유언을 남기고 끝까지 자기 소신을 굽히지 않았다. 승조는 단두대에 서기 전, 3일 간의 시간을 이용해 자신의 대표작인 《보장론(寶藏論)》을 썼다는 일화까지 남기고 있다. 그래서 그는 용무생사(用無生死)의 삶을 행동으로 보여준 조사(祖師) 가운데 한 사람이다.

그리고 선소(善昭)스님은 여러 차례 지방 관리의 초청을 받고 거절하다가, 어느날 사신과 함께 길을 나서면서 가기는 가지만 가는 길이 다르다는 유언을 남기고 길가의 버들가지를 잡고 입적해 버렸다. 스스로 권력과 재물로 자신을 더럽히지 않으려고 노력한 것이다.

의상(義湘)은 문무왕이 전답(田畓)과 사노(寺奴)를 하사하고자 할 때 일의일발(一衣一鉢)이면 족하거늘 어찌 전답과 사노가 필요하겠는가라고 말하면서 정중히 거절했다. 그리고 국왕의 통치가 민심(民心)을 존중하고 백성을 사랑하면 비록 풀잎으로 성(城)을 쌓더라도 넘나들지 못하지만, 민심(民心)을 외면하고 절대권력을 앞세우면 철성(鐵城)을 쌓더라도 막지 못한다고 충간(忠諫)을 서슴지 않았다.

직언(直言)을 서슴지 않는 소신도 있어야 하고, 그 직언을 소화하고 받아들이는 지도자의 덕량(德量)이 있을 때 국민의 불만은 해소되고 독선(獨善)의 폐해를 막을 수 있다. 그래서 위정자(爲政者)의 주변에는 직언을 하는 사람들이 많이 있어야 한다.

인과(因果)의 섭리

　즐거움 속에는 반드시 고통의 원인이 숨어 있음을 깨달아야 한다. 오늘날 권력을 누리고 있는 사람도 마찬가지다. 역사적 인과(因果)의 거울에 자기를 반조(返照)해 보아야 한다.

　자신이 지은 업보(業報)는 반드시 자기가 받게 되어 있다. 바로 이것이 업력편추(業力偏墜)의 원리다. 자신의 업력(業力)에 의해 자기 생애가 기울고 만다는 뜻이다. 업력의 인과는 권력으로도 변화시키지 못한다. 권좌(權座)에 앉아 있는 사람일수록 인과의 섭리를 소홀히 하지 말아야 한다.

　진(秦)나라 때 정승으로 일대(一代)의 권력을 잡았던 이기(李欺)란 사람이 있었다. 그는 정승의 자리에 오르기 전에 사냥개를 데리고 사냥을 하면서 소일했다. 그러나 사실 이기는 출세의 기회를 기다리고 있었다.

　그의 야망은 헛되지 않았다. 정승의 권좌(權座)에 오른 이기는 재야(在野) 시절 가졌던 선비의 정신을 잃고 절대권력으로 부패를 일삼았다. 절대권력 속에 업보(業報)가 기다리고 있음을 깨닫지 못한 것이다. 그가 부패관리로 전락하여 죽을 때 탄식하면서 이렇게 말했다.

"내가 동문 밖에서 누런 개를 데리고 사냥질이나 하면서 살았더라면 오늘 이 지경에 이르진 않았을 것이다."

그는 임종에 다달아 과보(果報)의 이치를 깨달은 것이다.

그래서 귀한 지위에 있는 사람일수록 백성의 억울함과 고통을 제 몸에 담고 겸허한 자세로 민심을 읽는 귀를 가져야 한다.

화두(話頭)

　방망이와 고함소리〔喝〕는 선사들이 즐겨 쓰는 깨침의 방편이었다. 황벽과 덕산(德山)스님은 방망이로 많은 사람들에게 매질을 했다. 반면 임제는 우레와 같은 고함소리로 사람들의 귀를 먹게 했다. 임제선사는 견성(見性)을 체험하기까지 누구보다 많은 매를 맞은 대표적 선사다.

　임제선사는 황벽선사 슬하에서 3년 간을 수행하면서 아무 소득을 얻지 못했다. 그때 목주(睦州)선사는 임제에게 황벽을 친견토록 했다. 임제가 황벽을 친견할 때 첫 질문이 '불법적적대의 (佛法的的大意)' 다. 불교의 근본 뜻이 무엇이냐는 의미다.

　임제는 이 질문에 대한 대가로 황벽에게 3일 동안 90방을 맞았다. 하루 30방을 맞은 셈이다. 불교의 근본 종지(宗旨)가 무엇이냐고 묻는 임제에게 황벽은 물리적 폭력을 행사한 것이다. 임제 역시 매맞는 것이 괴로웠지만 견성체험(見性體驗)을 위한 일이라고 생각했기 때문에 한편으로 즐거웠다. 여기서 임제가 황벽에게 질문한 불법적적대의가 화두(話頭)다.

　화두는 공안(公案), 고칙(古則)이라고도 한다. 화두란 의미는 '말' 이란 뜻이다. '두(頭)' 자는 어조사에 불과하다. 도(道)를 판단하고 이치를 가르치는 참말을 화두라고 한다. 한편으로 공안이라고 하는 것은 관청의 공문서란 뜻인데 천하의 정사를 바르게 하려면 반드시 법이 있어야 하고 법의 내용을 밝히려면 공문(公文)이 필요하다. 그래서 화두를 공안이라고 했다.

화두란 말이 우리 일상 속에 자주 등장한다. 화두가 참말이 되기 위해서는 반드시 명상과 사유(思惟)가 뒷바침되어야 한다. 그리고 돈오적(頓悟的) 자각이 있어야 증득(證得)이 따른다. 내심자증(內心自證)이 없는 말은 공허하고 사구(死句)가 되고 만다.

옛 수행인은 화두를 참구하고 그 뜻을 깨닫기 위해 몇십 년을 고행했다. 그래도 그 뜻을 모르고 입적한 분들이 많다. 아무쪼록 거창한 구호(口號)보다 인간의 눈을 열게 하는 사유와 명상으로 화두를 참구했으면 한다.

참회

가리왕(迦利王)은 경전에 등장하는 왕 가운데 가장 잔인무도한 인물로 알려져 있다. 그는 부처님이 인욕선인이었던 당시 팔다리를 절단한 냉혹하고 잔인한 임금이었다. 그러나 가리왕은 역사적 실존인물이 아니라 악행을 일삼는 왕이란 것을 알리기 위해 상징적으로 등장시킨 인물이다.

부처님 제자 가운데 악행을 일삼은 실존인물이 한 사람 있다. 바로 그가 '앙굴마' 다. 그는 12세 때 발타라 바라문을 스승으로 섬기고 있었다. 그런데 스승이 출타했을 때 스승의 아내가 그를 유혹했다. 그러나 앙굴마는 유혹을 거절했다. 그로 인해 그는 스승의 아내의 모함을 받아 인간으로서 할 수 없는 잔인한 일을 하도록 지시받게 된다. 스승은 천 사람을 죽여 천 손가락으로 송낙을 만들어 가지고 돌아오면 법을 알려 주겠다고 앙굴마를 속였다. 이때 앙굴마는 여러 곳을 다니면서 9백99인을 죽이고 마지막에 어머니를 만나서 죽이려 했다. 어머니를 죽이면 천 명의 숫자를 채울 수 있었기 때문이다.

어머니는 아들의 눈빛에서 살기를 발견했고, 살인마로 전락한 아들의 손에 죽게 될 위기를 맞았다. 이때 앙굴마는 부처님을 만나 전날의 잘못을 참회하고 제자가 되었다.

　살생을 일삼은 잔인무도한 앙굴마를 구제한 것은 바로 참회다. 참회는 사람을 새롭게 태어나게 한다. 범부를 고쳐 성인을 이루게 하는 데도 반드시 참회가 뒤따라야 한다. 진실한 참회의 정신 속에는 용서와 화해, 그리고 깨달음이 담겨 있다. 그래서 부처님은 탐욕과 시기, 질투, 분노에 가득찬 중생의 더러운 마음속에도 부처님의 지혜와 안목(眼目)이 구족해 있다고 했다.

최상의 공양

동양인들은 예부터 말이 적었다. 반면 침묵으로 깊은 뜻을 전했다. 침묵 속에 잠겨 있었던 것이다. 그래서 진실로 아는 자는 말하지 않고 오히려 본질과 실상을 모르는 사람이 말이 많았다는 격언(格言)이 있다. 논리(論理)나 수사학(修辭學)으로는 사람의 심성(心性)을 드러내기 힘들다. 자비스런 몸짓과 침묵의 미소가 있을 때 이심전심(以心傳心)의 교감이 이루어진다. 바로 그것이 미소의 언어다.

불타와 가섭이 서로 진리를 전수할 때 말로 하지 않고 고요한 미소로 법을 전하고 깨달음을 확인했다. 염화시중(拈花示衆)은 미소로 진리의 문을 열고 침묵의 몸짓으로 법을 전하는 의미를 갖고 있다. 이렇게 미소와 침묵은 서로의 내면(內面)의 통로를 열고 깨침을 교감한다. 오히려 논리를 앞세우거나 권위와 성난 모습은 상대를 위축시킬 뿐 마음의 문을 열지 못한다. 그래서 이 세상에 가장 아름다운 언어가 있다면 부처님의 '염화미소'라고 서슴없이 말하는 것이다.

닭벼슬보다 못한 승려의 지위로 상대의 마음에 상처를 내고 증오를 갖는 일은 수행자의 본분이 아니다. 오히려 한 번 성내는 일

은 백만 가지 장애를 일으킬 수 있다. 비록 재물을 상대에게 공양
하지 못하더라도 수행자는 자안애어(慈顔愛語), 즉 자비스런 얼
굴과 사랑이 담긴 말이 최상의 공양이란 것을 깨달아야 할 것이
다. 구제의 웃음을 가지라는 뜻이다.

신라 신문왕(神文王) 당시 국사(國師)의 대접을 받던 경흥(憬
興)은 웃음에 의해 병을 고친 일이 있다. 그가 어느날 병이 들어
앓아 누웠을 때 한 비구니가 그를 찾아와서 이렇게 말했다.

"스님의 병은 근심으로 이루어진 것입니다. 즐겁게 한바탕 웃
고 나면 나을 것입니다."

그리고 비구니는 열한 가지 우스운 표정을 지으며 춤을 추었
다. 병석에 누워 있던 경흥도 그 광경을 보고 턱이 떨어질 듯이
웃었다. 그와 함께 경흥의 병은 순식간에 나았던 것이다. 웃음은
병든 경흥의 육체만 구제해 준 것이 아니라 정신적 위선까지 고
쳐 주었다.

우리 주위에 있는 수행자의 얼굴에는 진리를 담고 있는 미소를
볼 수가 없으니 안타까울 뿐이다.

부끄러워할 줄 알아야

설악산 백담사는 매월당(梅月堂)과 만해(萬海)가 머문 절로 유명하다. 몇 년 전에는 전두환 전 대통령이 유배되어 더욱 이름이 알려져 찾는 사람이 끊이지 않는다.

매월당 김시습(金時習)은 세조의 왕위찬탈을 못마땅히 여겨 끝내 벼슬을 버리고 비승비속(非僧非俗)으로 일생을 살면서 수행에 전념했다. 어느날 막역한 친구인 신숙주(申叔舟)의 초청을 받고 그의 집에 갔을 때, 친구의 타협과 변절을 용서하지 못하고 술상을 면전에 뒤집어 버리고 나올 만큼 지조와 절개를 소중히 여겼다.

만해 역시 친일행위를 한 지식인들을 그냥 놔두지 않았다. 육당(六堂) 최남선(崔南善)이 친일로 돌아서자, 그의 집 대문 앞에서 대성통곡을 한 일화는 지금도 잊혀지지 않고 있다.

대쪽같은 성품과 절개는 매월당과 만해가 서로 닮은 점이다. 또 두 사람은 역사에 길이 남을 문학적 업적도 남기고 있다. 사상과 정신면에 있어서도 불교에 근간을 두고 있지만 선사란 칭호로 대접받지 못하고 있는 게 사실이다. 그런데 오히려 그들의 업적과 사상은 전인적으로 더욱 유명하다.

몇 년 전에 전두환 씨가 백담사에 유배되어 있을 때 그를 만난 일이 있다. 그때 그는 승복을 입고 아침 저녁 기도를 하고 있었다. 무슨 염불을 가장 열심히 하느냐고 물었을 때 전씨는 서슴없이 참회진언을 열심히 한다고 했다. 그 이유를 묻자, 정치인은 누구나 이 참회진언을 통해 지은 죄업을 용서받아야 한다고 의미심장한 말을 하였다. 나는 그 기억을 지울 수가 없다. 그리고 전씨는 참회진언 가운데 가장 큰소리로 염불하는 대목이 있다고 했다. '기어(綺語) 양설(兩舌) 악구중죄(惡口重罪)'라고 했다. 남을 속이는 달콤한 말과 자기 이익을 충족시키기 위해 한 입으로 두 말을 하는 자, 그리고 자기 허물은 감추고 남의 잘못을 험담한 자가 이에 속한다.

최근 정치판을 들여다보면 정치인들이 기어와 양설, 악구를 일삼고 있음을 확연히 깨달을 수 있다. 정치는 마술의 속성을 지닌 것 같다. 그래서 한 입으로 두 말을 해도 부끄러워할 줄 모른다.

집착이 탐욕을 낳는다

깨침을 이룩한 선사(禪師)일수록 안주와 집착을 거부했다. 한 곳에 안주하다 보면 애착이 생기고 집착하게 되면 탐욕을 낳는다는 것을 누구보다 잘 알고 있었기 때문에 스스로 운수(雲水)가 되었다. 그래서 선사들은 누구나 한결같이 모든 얽매임에서 벗어나 자유스러워지려고 노력했다.

특히 근대 선종의 중흥조인 경허선사(鏡虛禪師)는 삼수갑산(三水甲山)에 이르러 스스로 자기를 버렸다. 그리고 절에 머무르지 않고 삼천대천세계를 자신의 수행 무대로 삼았다. 수행공간이 광활해진 것이다. 또 부처를 버리고 부처에 얽매이지 않았다. 부처와 조사(祖師)에 속박당하지 않기 위해서였다. 그는 승복을 벗어버리고 이름마저 '박난주'라고 고쳐버렸다. 걸사(乞士)로 생활하면서 바람과 구름이 되었다. 그의 삶에는 집착이나 얽매임을 발견할 수 없다.

많은 사람들은 경허선사의 삶을 보고 기인(奇人), 혹은 농세(弄世)의 달인(達人), 무애행을 일삼은 수행인이라고 말하는가 하면 파계를 일삼았다고 탄핵하는 사람들도 있다. 경허는 자신을 비판하는 사람들에게 철저히 무관심했다. 다만 그는 어느날 혜월(慧

月)에게 이렇게 말했다.

"수행자 가운데에는 자신을 드러내기 위해 남의 허물을 매도하기를 좋아하고 그럴 때마다 그럴듯한 명분을 앞세우는가 하면, 또 한편으로는 상대를 상처내기 위해 도덕을 주장하는 무리가 있다. 그 사람들 속을 들여다보면 명분과 도덕 두 가지를 잃은 사람들이다."

경허선사가 무애(無碍)로 집착을 버렸다면 혜월은 천진과 무소유로 무애의 삶을 살다간 선사다. 혜월선사가 파계사에 잠깐 머물고 있을 때 양식을 털어가는 밤도둑의 지겟짐을 등 뒤에서 슬그머니 밀어주자, 밤손님은 깜짝 놀랐다. 깜짝 놀란 밤손님에게 혜월은 '아무 소리 말고 짐이나 지고 내려가게' 하고 말할 정도로 여유가 있었다.

개혁을 외치던 사람들이 거액을 수뢰한 혐의로 구속되는 세상이다. 그러고도 개혁을 비판하던 사람을 무조건 반개혁이나 수구세력으로 몰아세웠음을 우리는 알고 있다. 우리 주위에도 이런 무리가 없는지 다시 한번 살펴볼 때다.

표주박 하나와 누더기 한 벌

일표일납(一瓢一衲)이란 무소유를 실천한 대표적 수행인을 말한다. 표주박 하나와 누더기 한 벌로 살아가는 것이 수행인의 삶이다. 그리고 일의일발(一衣一鉢)은 수행인이면 누구나 임종 때까지 지녀야 할 생활 도구다.

출가자는 처음부터 소유를 금했다. 소유가 인간의 고뇌가 된다는 것을 철저히 깨달았기 때문에 탐욕과 집착을 버리도록 했다. 집착을 버린 데서 진정한 기쁨은 이루어진다. 반면 모든 고통은 집착에서 이루어지고 자기를 결박하고 만다.

우리가 무엇인가를 갖는다는 것은 필요에 의해서이지만, 갖는 만큼 부자연스러울 때가 있다. 아무것도 갖지 않을 때 비로소 세상의 인연에 얽매이지 않는다. 그래서 서산(西山)스님은 수행인은 아무것도 갖지 않을 때 부자가 된다고 했다. 얽매임에서 벗어났을 때 자유인이 되고 우주만물의 주인공이 될 수 있다.

옛 조사들은 일의일발의 정신을 다음과 같이 말했다.

"누가 알 것인가. 누덕누덕 기워입은 누더기 속에 천지를 비출 태양이 숨어 있는 것을……."

누더기 속에 신광(神光)이 있다는 의미다.

원효스님은 수행인이 자기 분수를 망각하고 사치스럽게 옷을 입는 것을 구피상피(拘被象被)라고 했다. 개가 코끼리 가죽 걸친 것과 같다는 것이다.

조주선사는 80세에 이르러 관음원(觀音院)에 주석했다. 그동안에는 운수(雲水)처럼 떠돌아다녔다. 그리고 늙어서 떠돌아다닌다고 힐책을 받은 일도 있었다. 관음원에 주석하고 조주스님의 생활은 그의 명성에 어울리지 않게 대단히 검소하고 금욕적이었다고 한다. 방장(方丈)생활을 40년 간 했지만 그의 거실에는 가구 하나 없었고 또 시주(施主)에게 보시를 청한 일도 없었다고 한다. 나이는 비록 늙었지만 세속처럼 노욕에 사로잡히지 않았다.

누구나 늙으면 세 가지 욕망 때문에 명예를 더럽힌다고 한다. 생명욕, 재물욕, 명예욕으로 추하게 늙어가는 원로들이 세속에는 많다. 욕망 때문에 갈고 닦은 지혜와 경륜을 잃어버린 것이다. 절 집안의 원로들이 조주의 가풍을 보일 때다.

마음이 곧 부처

선(禪)은 순수한 집중을 통해 인간 존재의 실상을 자각하는 길
이다. 체험을 통해 스스로 얻는 것 없이는 속박으로부터 자유스
러워질 수 없다. 그래서 선사들은 깨침을 얻고부터는 한 군데도
집착하지 않고 자유스런 행동을 거침없이 한다.

선의 진수를 체험하기 위해서는 반드시 관념과 말을 버려야 한
다. 서산스님은 선을 다음과 같이 매우 논리적으로 설명하고 있다.

"선(禪)은 부처님 마음이고, 교(敎)는 부처님 말씀이다. 말 없
음으로써 말 없는 세계에 이르는 것은 선이고, 말로써 무언의 경
지에 이르는 것이 교다."

말을 버려야 뜻을 얻는다. 그래서 중국 선사들은 본질을 표현
하기 위해 진기한 일화와 은밀한 발언, 그리고 비논리적 은유를
동원하고 있다. 바로 여기에 격외선지(格外禪旨)가 있다. 격외선
지는 사량계교나 논리로 해석할 수 없다. 특히 마조선사는 자신
을 찾아온 납자에게 마음이 곧 부처라고 강조했다. 그런 어느날
제자 한 사람이 마조에게 왜 스님께서는 마음이 부처라고 주장하
느냐고 그 이유를 물었다. 마조는 '어린애의 울음을 그치기 위해
서지' 하고 엉뚱한 대답을 했다. 또 조주선사는 장례 행렬에 참

석하여 제자에게 수많은 죽은 사람이 산 사람 한 사람을 쫓아가고 있다고 했다. 진정한 통찰과 자오(自悟) 없이는 그 뜻을 해석할 수 없다.

선사들은 추위와 더위에 있어서도 특별한 가풍을 갖고 있었다. 날씨가 춥고 더운 데 구애받지 않았다. 오히려 견성(見性)의 초월적 의지로 추위와 더위 자체가 되었다.

특히 동산스님은 제자의 질문에 다음과 같이 한서(寒暑)를 초월한 경지를 말했다.

"추위와 더위가 닥치면 어떻게 피해야 합니까?"

"춥지도 덥지도 않은 곳으로 가면 되지."

"어느 곳이 춥지도 덥지도 않은 곳입니까?"

"추우면 너를 얼려 죽이고, 더우면 너를 쪄서 죽일 것이다."

추위와 더위 자체가 되었을 때 한서를 극복할 수 있다는 의미다.

인욕과 자비

성인도 음해(陰害)의 시련을 받은 일이 있다. 그것도 타종교인이나 신자로부터 받은 것이 아니라 친족과 제자에게 모함과 시기를 당해 곤경에 빠진 일이 많았다.

불교에서 그런 대표적인 사람이 데바닷다(提婆達多)이다. 세속적으로는 사촌이기도 한 데바닷다는 부처님 인격을 손상시키고 괴롭힌 대표적인 제자다. 그는 어려서부터 욕심이 많았고 시기와 질투로 많은 사람을 괴롭혔다. 그뿐 아니라 남을 속이고 무고로 상대를 곤경에 빠뜨려 고통을 당하게 했다.

그러나 자신의 잘못을 깨우치지 못하고 오히려 잘못을 지적한 싯달타에게 앙심을 품었다. 그래서 데바닷다와 싯달타는 여러 가지 일로 충돌이 잦았다. 이때마다 참고 용서하는 쪽은 싯달타였다. 이러한 경쟁과 충돌은 출가 후에도 그치지 않고 계속되었다.

특히 데바닷다는 출가 후 부처님의 위세를 시기하여 아사세 왕과 결탁하여 부처님을 제거하고 그 자리에 자신이 앉고자 모의를 도모했는가 하면, 그 일이 실패하자 5백 비구를 규합하여 새로운 종파를 세우려고 시도하다가 마침내 아사세 왕이 떠나고 5백 비구마저 자신의 곁을 떠나 다시 부처님에게 귀의하자, 참담한 고

민 끝에 스스로 목숨을 끊었다. 음해와 모략으로 자신을 구제하지 못했을 뿐 아니라 그 인과로 죽음을 초래했음을 입증한다.

불타의 전생설화를 보면 자신을 일생동안 괴롭혔던 데바닷다가 병에 걸렸을 때 그를 구제하는 모습이 매우 감동적이다.

언젠가 데바닷다가 사경을 헤매도록 아팠는데 병을 낫게 할 약이 없었다. 이때 천하의 명의가 나타나 그의 병을 고치게 할 약이 있다고 했다. 부처님이 그 약을 묻자, 명의는 이 세상에 태어나 한 번도 분심을 일으키지 않은 사람의 피를 뽑아 약을 제조하여 먹여야 그를 살릴 수 있다고 했다. 바로 그 사람은 부처님 자신뿐이었다. 부처님은 피를 뽑아 약을 제조하여 그의 목숨을 구제했다.

분노를 참는 데는 인욕과 자비가 있어야 한다. 인욕에는 상대를 용서하는 정신이 있고 자비에는 서로의 잘못을 깨우치게 하는 자각이 있기 때문이다.

마음의 실체

심여공화사(心如工畵師)란 마음은 그림 그리는 사람과 같이 마음에 따라 온갖 모양을 나타낸다는 의미다. 원숭이와 같이 잠시도 그대로 있지 못하는 것이 마음이다. 그렇다고 실체가 있는 것도 아니다. 또 마음의 바탕은 선도 악도 아니다. 다만 선과 악은 인연에 따라 일어날 뿐이다. 환경에 따라 마음이 움직여 선과 악의 인연을 맺게 되는 것이다.

마음은 존경에 의해 혹은 분노에 의해 흔들리면서 교만해지기도 하고 비겁해지기도 한다. 그래서 악연을 만나게 되면 마음은 선행(善行)을 훔쳐간다고 《보적경(寶積經)》은 지적하고 있다. 우리들의 환경과 관계가 얼마나 중요한가를 깨우쳐 주고 있는 것이다. 그리고 우리들 내심을 그대로 드러낸 자체가 사회란 것을 깨달아야 한다. 마음이 타락해 있을 그때 사회는 반윤리적 범죄가 일어나게 마련이다. 마음속에 윤리와 도덕의 질서가 무너져버리면 인간은 금수로 전락해 버린다. 짐승처럼 되고 만다는 뜻이다.

우리 사회의 성도덕 문란은 개탄의 차원을 넘어, 입에 담기조차 부끄러운 일이 되어 버렸다. 성욕 앞에서는 천륜도 없고 인륜도 없을 뿐 아니라 금수가 되어버린다는 옛 성현의 말씀이 현실

로 나타나고 말았다. 정신이 황폐하면 사람들은 말초신경의 자극
이나 쾌락에 탐닉하기 마련이다. 소녀가장 성폭행과 초등학생 성
추행, 그리고 주부 매춘행위에 이르기까지 우리 사회는 도덕적
위기를 맞고 있다.

불타는 일찍이 인간의 욕망 가운데 성욕만큼 사람을 파멸시키
는 것도 없다고 했다. 그래서 보조스님은 재색(財色)의 화근을 독
사에 물린 것보다 심한 상처를 받는다고 했다. 또 《보적경》에서
는 지나친 애욕은 시퍼런 칼날을 밟는 것과 같고, 성난 독사를 건
드리는 것 같다고 했다. 지나친 성문란 행위는 인간을 축생으로
전락시키는 요인임을 일깨워 주고 있다.

성도덕 문란현상의 사회적 중병을 치유하기 위해서는 먼저 인
간 자각운동이 선행되어야 하고 건전한 성교육이 가정에서부터
시작되어야 한다. 가정은 행복을 이루는 기초 단위이기 때문이다.

말이 많으면 쓸 말이 적어진다

구업(口業)이란 입으로 지은 허물을 말한다. 모든 언어동작이 바로 입을 통해 이루어지고 자신의 의사를 전달하는 것이 바로 말이다. 그래서 말은 생각을 담는 그릇이라고 했다. 자비와 애정을 갖고 있는 사람의 말은 귀에 거슬리지 않고 사람을 감동시킨다. 반면 생각이 야비하거나 거칠면 말도 또한 거칠고 야비하다. 그 말 속에 상대를 해치는 중상모략이 담겨 있기 때문이다. 말을 많이 하는 사람일수록 돌이켜보면 쓸 말보다 못쓸 말이 많았음을 뒤늦게 깨닫게 된다. 그래서 입은 화를 자초하는 문이라 했고, 몸은 재앙의 근본이므로 경솔히 움직이지 말라고 했다.

중국의 백장(百丈)선사는 말 한 번 잘못한 허물로 5백 년 동안 여우의 몸을 받은 일이 있다. 말 잘못한 인과치고 무거운 죄가 아닐 수 없다. 특히 진리를 전하는 사람일수록 깨침의 정신을 가지고 있어야 한다. 오죽했으면 입을 열면 그르친다고 했겠는가.

말이 많으면 쓸 말이 적어진다. 사람들이 많이 모여 이야기를 하다보면 쓸 말보다 못쓸 말들이 훨씬 많다. 그 가운데는 남의 흉보기와 비난하는 말들이 많은 비중을 차지한다. 그리고 자신의 허물을 깨닫지 못한 사람일수록 비난을 일삼는 경우가 많다. 자기 허물을 감추기 위한 방어의 수단으로 비난을 일삼는 것이다.

특히 말 속에 살기(殺氣)가 섞이게 되면 상대는 아물기 힘든 상처를 입게 된다. 그래서 부처님은 초기 경전에서 이렇게 말한 일이 있다.

"사람들은 태어날 때부터 입 안에 도끼를 가지고 나온다. 그리고 어리석은 사람들은 말을 함부로 하여 그 도끼로 자기 자신을 찍고 만다."

망어(妄語)와 기어(綺語)는 끝내 자기 자신을 상처내고 만다는 뜻이다. 날카로운 비수만이 칼이 아니다. 중상모략을 일삼는 사람의 말이 바로 설도(舌刀)이다.

입으로 지은 허물이 많아서 수행인은 날마다 정구업진언(淨口業眞言)을 외운다. 말로 인해 지은 죄를 참회하기 위해서다.

옛 선사들은 제자들에게 말을 적게 하도록 했다. 그리고 남을 헐뜯는 소리를 듣게 되거든 그들과 기쁨을 나누지 말고 곧 잊어버리라고 했다. 잊어버릴 때 관용할 수 있기 때문이다.

갖는 만큼 속박은 커진다

납의(衲衣)란 수행자가 입는 다 떨어진 누더기를 말한다. 스스로 탐욕을 멀리하기 위해 쓰다버린 천으로 옷을 만들었다. 원래 가사(袈裟)도 세상 사람들이 쓰다 버린 천조각을 주워 깨끗이 빨아 누덕누덕 기워서 만들었다. 그래서 가사를 분소의(糞掃衣) 혹은 백납(百衲)이라 했다. 다 떨어진 누더기 한 벌과 발우(鉢盂)는 수행인이 지녀야 할 생활 필수품이며 동시에 무소유와 무애의 상징이기도 하다.

사람은 누구나 아무것도 갖지 않을 때 세상으로부터 자유로워질 수 있다. 우리가 무엇인가를 갖는다는 것은 필요에 의해서 이루어진다. 그러나 갖는 만큼 자기 속박은 커진다. 아무것도 소유하지 않을 때 세상을 차지할 수 있다.

원효도 요석공주가 손수 만든 비단가사를 입지 않았다. 오히려 화려한 비단가사를 한 여인의 번뇌가 가득찬 옷이라고 단정해 버렸다. 검소와 절약을 통해서 무소유의 자유가 이루어진다는 것을 깨달았기 때문이다.

우리에게 잘 알려진 조주선사는 80세가 되어 관음원(觀音院)에 방장(方丈)으로 취임하고 한 곳에 주석했다. 방장생활 40년 동안 방안에 가구 하나 들여놓은 일도 없었고, 불사를 하기 위한 신도들에게 모연문 한 번 돌린 일이 없었다고 한다. 방장으로서 우리에게 보인 청렴과 검소의 청규(淸規)라 할 수 있다. 그리고 조주선사는 스스로 시물(施物)을 받을 만한 복전(福田)이 아님을 판단했다. 오히려 자기 허물이 무엇인가 살폈다고 한다. 또 제자들에게 허물을 찾아 참회하도록 누누이 강조했다. 조주는 무소유를 철저히 실천함으로써 천하를 얻을 수 있는 자족의 지혜를 누릴 수 있었고 스스로 자신의 허물을 찾아 뉘우침으로 인해 이웃을 감동시키는 스승이 될 수 있었다.

사람과 짐승이 같은 동물이면서도 다른 점은 자기 허물을 뉘우쳐 참회할 줄 아는 참괴심이 있기 때문이다. 인간의 양심이란 바로 이 참괴심이라고 할 수 있다. 자기 허물을 깨닫고 부끄러워할 때 인간은 새롭게 태어날 수 있다.

조주선사는 자기 앞에서 옳고 그른 것을 말하는 바로 그 사람이 시비를 일삼는 사람이라고 했다.

포살(布薩)

계율(戒律)을 돈계(頓戒)와 점계(漸戒)의 시각으로 본 대표적 인물이 혜능대사다. 그는 마음에 부끄럽지 않은 일을 하는 것이 계율을 지닌 것이라고 그 의미를 포괄적으로 해석했다. 그러나 계율의 제정(制定) 배경은 보다 큰 목적에 있었다. 특히 부처님 10대 제자 가운데 사리불(舍利弗)은 불법이 어떻게 해야 멸망하지 않고 오랫동안 머물 수 있을까 고민했다. 이때 부처님은 사리불에게 명확한 답변을 해주었다. 과거 칠불(七佛)의 유법(遺法)이 세상에 오랫동안 전하지 못한 이유는 결계(結戒)와 설계(設戒)를 하지 않았기 때문이라는 것이었다.

그래서 부처님은 교단의 생활지표가 되는 계율을 설하고 계율의 실천을 위해 보름마다 설계행사인 포살(布薩)을 실행했다. 이 포살을 통해 불법이 세상에 오랫동안 유포되있을 뿐 아니라 부처님은 계율을 스승으로 삼아 수행해야 하고 사소한 율법은 버려도 좋다고 했다. 포살은 정주장양(淨住長養)의 의미를 갖고 있다.

총무원이 최초로 포살을 실천하면서 승풍 진작의 신선한 바람이 불고 있다. 스스로 허물을 뉘우치는 자정(自淨)이기 때문이다.

그러나 계율에 대한 잘못된 시각으로 인해 잔잔한 파문이 일고 있다. 계율은 계와 율의 합성어인 동시에 경계와 규율의 의미를 내포하고 있다. 방비지악(防非止惡), 즉 모든 악을 그치게 하고 그릇됨을 예방하는 데 계율의 참뜻이 있다.

율장(律藏)을 보면 포살을 계속하면서 계율을 제정하지 않았음을 알 수 있다. 그 이유를 사리불이 묻자, 부처님은 '전륜성왕이 백성이 죄를 범하기 전에는 국법을 만들지 않겠다'는 뜻과 같다고 말했다. 성도 후 12년 동안 계율을 제정하지 않은 이유가 여기에 있다. 다만 교단의 규모가 커지고 제자가 많아지자, 수다니가 음행을 범하고 살생과 도둑, 거짓말로 인해 물의가 일었을 때도 십구의(十句義) 외에는 설하지 않았다.

계율을 지켜가는 데 있어 불조(佛祖)는 참회와 계도의 길을 열어 수행자를 책망하면서 거듭나도록 했다. 파계(破戒)의 허물을 단죄하는 데 그친 것이 아니라 참회토록 했다. 지속적 참회운동이 바로 포살이란 것을 알아야 한다.

생명경시의 풍조

아무도 찾지 않는 깊은 산사에 앉아 있노라면 짐승처럼 칭얼대는 칼날 선 바람만이 창문을 훑고 지나간다. 그리고 이름을 알 수 없는 새소리들이 영혼 깊이 파고들어 울적한 마음을 흔들어 놓기도 한다. 이럴 때는 혼자 독백을 한다. 마치 머나먼 고도로 유배되어 온 것이 아닌가 하고 말이다. 벽을 향해 가부좌를 틀고 앉으면 비어 있던 마음에 세속적인 번뇌가 일어남을 깨닫는다.

어찌하여 혼자 여기에 앉아 있어야 하는가. 그리고 어쩌다 괴로운 영혼을 같이 할 인연이 있는 상대를 찾지 못했는가. 이런저런 고민을 하다 보면 마음은 수천 수만의 번뇌로 가득해져 버리고 만다.

처음에는 이 번뇌를 던져 버리기 위해 용맹정진도 했지만, 번뇌를 낳으려고 할 때마다 망상은 깊이를 더해 갔다. 그래서 나는 마음속에 있는 번뇌를 사랑하기로 결심했다. 그리고 마음속에 이 번뇌까지 없다면 더욱더 외로울 것이라는 것을 깨달을 수 있었다. 그렇다. 인간은 자기 자신이 참을 수 있는 적당한 고통 하나는 갖고 있어야 한다.

20년 전 오현스님이 병원에 입원하여 병문안을 안 온다는 편지를 보내왔기에 나는 다음과 같이 회신한 일이 있었다.

'고행(苦行)하는 사람은 한 가지 병을 갖고 있어야 한다. 그리고 너의 병상을 지킬 사람은 다른 사람이 아니고 너 자신뿐이다'

그후 도반은 퇴원하여 '참으로 자네 말이 옳았어. 내 자신을 지키는 것은 바로 내 자신뿐이더군' 하고 환하게 웃어 보였다.

지금 내 생활은 전과 달리 혼자있는 시간에 익숙해 있다. 비록 혼자있는 것이 운명적 형벌같은 고통일지라도 본래의 자기 근원으로 돌아갈 수 있는 중요한 시간임을 깨닫고 있다.

사실 혼자있는 시간을 통해 절망해 보지 않는 사람은 자비와 사랑의 의미를 알 수 없다. 철저히 자기 근원으로 돌아가 있을 때 진실한 사랑의 의미가 나오기 때문이다.

어느 해 겨울이었다. 나는 내 자신의 고독과 사랑의 실험이나 해보듯 다람쥐 한 마리를 길렀다. 그리고 '해탈(解脫)'이라고 명명했다. 속히 다람쥐 몸을 버리라는 불교적 이름이다.

다람쥐는 재롱이 대단했다. 마치 서커스의 한 장면을 보듯, 다람쥐는 위험스럽다할 정도의 묘기를 내 앞에서 연출해 보였다.

그러다가 지치면 곤히 잠에 빠져 죽음보다 깊은 명상을 내보이기도 했다. 나는 그때 죽음보다 깊은 잠에 빠져 있는 다람쥐를 들여다보며 갑자기 세속적 애정이 솟아올랐다. 다람쥐가 마치 사랑하는 자식같이 내 옆에 곤히 잠들어 있다는 생각이 들었기 때문이다. 그런데 어느날 외출을 하고 절에 돌아왔을 때 다람쥐가 보이지 않았다. 아무리 불러도 나타나지 않았다. 한참 후에야 다람쥐는 달아나고 없다는 것을 알았다. 왈칵 울음이 쏟아질 것 같은 슬픔이 스며들었다.

나와 함께 지내던 유일한 식솔이 떠나버렸다는 아쉬움보다 오랫동안 애정을 바친 그것이 슬픔을 만들고 있었다. 그리고 누군가 같이 있다는 것은 이렇게 버리기 힘든 애정을 만든다는 것도 깨달을 수 있었다. 사랑과 애정, 이것은 자식을 길러본 사람만이 그 진실한 의미를 알 수 있음을 처음으로 체험했다.

그렇다. 자기의 몸과 정신 그리고 피가 섞이지 않는 사랑과 애정은 위선에 가깝다. 그래서 옛 보살들은 고통받는 중생을 제도하기 위해 스스로 자기 몸을 버렸고 고통과 한몸이 되었다. 이것이 종교인의 사랑이자 자비다. 그리고 인간에게 있어 고귀한 것은 물질이 아니라 남을 사랑하는 인간애다. 자성(自性)의 영토가 맑고 깨끗하고 또 자애스러우면 막힘이 없고 뚫어야 할 곳이 없을 것이다.

겨울철 깊은 산사에 있다 보면 산짐승이 절로 찾아온다. 그들의 영감에도 그곳이 살기(殺氣)가 없고 자애스런 영토임을 느끼기 때문이다.

요즈음 우리 사회는 이런 인간애가 부재한 것 같다. 오히려 생명을 경시하는 풍조가 만연한 게 아닐까.

비록 가진 것과 못 가진 것의 차이는 있을지 모르지만, 인간의 생명에는 차별이 있을 수 없다. 오히려 눈앞에 보이는 일초일목(一草一木)을 사랑하고 외경(畏敬)할 때 정신적 삶은 풍요로워질 것이다.

고언과 아첨

중국 선사들 가운데 명리(名利)를 싫어하고 일생 동안 청빈의 삶을 살다간 조사 중 한 사람이 목주선사(睦州禪師)라고 할 수 있다. 그는 임제가 개오(開悟)하는데 결정적 역할을 했고, 운문종(雲門宗)을 창종한 운문 문언선사의 다리를 부러뜨린 일화로 너무 잘 알려져 있다.

그는 여러 회상(會上)에서 초청받았으나 방장으로 추대되는 것을 싫어했다. 오히려 자신을 낮추기 위해 하심(下心)을 실천했을 뿐 아니라 대중이 많은 곳에서 공양주하기를 자청했다. 하심이란 자기절복(自己折伏)이다. 마음속에 자만과 오만을 극복하고 권위를 버리기 위해 자기를 앞세우지 않았다.

대중을 위한 헌신은 목주선사에게 이타의 덕목이 되었다. 그리고 선사는 어머니를 봉양하기 위해 몸소 짚신을 만들어 시장에 내다 팔기도 했다. 그래서 그의 효행은 선종 수행자들의 귀감이 되었다.

훌륭한 지도자일수록 대중에게 헌신하고 위로하는 일에 심혈을 기울였고 권위를 앞세워 대중의 의견을 무시하지 않았다. 그리고 건전한 비판을 겸허하게 받아들이는 도량(度量)이 있었다.

항상 남을 다스리는 위치에 있는 사람은 백성을 두려워하고 그들의 충언을 귀담아 듣는 미덕이 있어야 한다.

양귀비(楊貴妃)를 총애했던 당 현종도 처음에는 밝은 치자(治者)였다. 백성의 아픔과 불만이 어디에 있는가 살필 줄 아는 군주였다. 그는 한휴라는 신하가 어찌나 고언(苦言)을 거듭했던지 몸마저 여위었다. 그러나 그는 비록 내 몸은 여월지라도 천하의 백성이 살찌면 오히려 좋은 일이 아니겠는가 하며 자기 고통을 받아들였던 것이다.

비판을 자산으로 삼는 단체나 사회는 발전할 수 있지만 직언을 고까워하고 비판을 부정으로 오인하는 사회는 잘못을 바로잡기가 힘들다. 항상 권위와 지식을 앞세운 사람은 자만에 빠지기 쉽고 반면 자비를 바탕으로 대중을 존경하면 그만큼 덕화(德化)는 깊어진다. 그래서 지도자 주변이 깨끗해야 한다. 권력이 있는 사람의 주변에는 항상 사람이 모이기 마련이다. 그 가운데는 아첨을 일삼는 무리도 있다. 이에 지도자는 옳고 그름의 판단을 잃게 된다.

순자가 나의 잘못을 지적해 주는 사람은 나의 스승이요, 아첨하는 사람은 적이라고 한 말을 되새겨 볼 때다.

가난한 사람도 베풀 수 있다

대원각은 서울에서 이름난 대표적인 요정이다. 특히 한때 바로 그 요정에서 은밀하게 정치적 만남이 이루어져 화제가 되었다. 3 공 정권 때는 중요한 정책이 바로 그 요정에서 논의되었을 뿐만 아니라 협상이 이루어진 산실이기도 했다. 그 요정이 절로 탈바꿈되었다. 술과 여자와 낭만이 있던 예토(穢土)가 바로 정토(淨土)로 변하게 된 것이다.

이는 대원각 주인이 건물을 비롯해 대지 일체를 희사(喜捨)했기 때문이다. 평가액은 2천억 원이 넘는 재산이라고 한다. 일생 동안 모은 재산을 가족에게 상속하지 않고 보시(布施)함으로써 대원각이 요정으로 남지 않고 길상사(吉祥寺)로 다시 새롭게 탄생했다. 한 생각을 올바르게 갖게 되면 이렇게 애욕이 얽혀 있던 곳도 생사의 속박을 벗는 해탈장이 된다. 숙세(宿世)의 선근(善根) 없이는 이렇게 큰 재산을 희사하기 어렵다.

보시(布施)란 남에게 베풀어 준다는 의미다. 물건으로 주는 것을 재시(財施)라 하고, 설법으로 정신의 양식을 풍부하게 해주는 것을 법시(法施)라고 한다. 그리고 계율을 지녀 남을 해치지 않고 두려워하는 마음을 없애주는 것이 무외시(無畏施)다. 그래서 가

난한 사람이 와서 구걸하면 분수대로 나누어 주라고 했다. 괴로
워하는 중생과 고통을 나누는 것이 진실한 보시라고 했다.

부처님 당시 아난(阿難)존자는 걸식을 할 때 가난한 할머니를
만난 일이 있었다. 이때 할머니는 시주할 물건이 없었다. 아난존
자는 따뜻한 숭늉 한 그릇을 얻어먹고 싶다 했다. 할머니는 물 한
그릇을 아난존자에게 주었다. 아난은 할머니에게 할머니의 마음
을 사고 싶다고 말했다. 비록 가난하게 살면서도 남의 재산을 탐
하지 않고 욕심을 일으키지 않은 마음이 큰 보배라고 했다.

물질적으로 여유가 있는 부자만이 나누어 가질 권리가 있는 것
은 아니다. 가난한 사람도 얼마든지 나눌 수 있는 미덕이 있다.
부드러운 말과 상대를 기쁘게 하는 마음을 나누어 가질 수 있다.
빈손으로 왔다가 빈손으로 가는 것이 우리의 살림살이란 것을 깨
닫고 나누어 가져야 인간의 탐욕과 인색함을 극복할 수 있다.

겸손과 사양의 미덕

신라 신문왕(神文王) 당시 경흥(憬興)스님은 왕사(王師)와 같은 대접을 받고 있었다. 그는 사문(沙門)으로는 어울리지 않게 화려한 옷차림으로 말을 타고 왕궁을 출입했다. 일의일발(一衣一鉢)의 검소한 생활과는 거리가 멀었다. 높은 지위에 얽매여 서민 대중의 소중한 소리를 듣지 못했다.

어느날 경흥이 화려한 비단가사를 입고 말을 타고 왕궁으로 가기 위해 길을 나섰다. 그때 남루한 누더기를 걸친 걸사(乞士)를 만났다. 걸사는 손에 지팡이를 짚고 등에는 생선 광주리를 지고 있었다. 경흥은 걸사를 준엄하게 꾸짖었다.

"너는 승복을 입고 어찌 비린내나는 마른 고기를 지고 다니느냐?"

걸사는 경흥을 힐끔 쳐다본 후, 오히려 경흥을 질타했다.

"그대처럼 사타구니 사이에 산 고기를 끼고 다니는 것보다 낫지 않은가!"

이 한마디에 경흥의 권위는 무너져 버렸고, 이후부터 종신토록 말을 타지 않았다고 한다. 스스로 잘못을 깨달았기 때문이다.

수행과 덕망이 높은 사문일수록 겸손하고 사양하는 덕목을 갖고 있다. 비록 절대권력의 부름이 있더라도 정중하게 거절하는 용기도 지니고 있으면서 초청자를 감동케 하는 덕화(德化)도 있었음을 이와 같은 수행인들을 통해 알 수 있다.

신라시대 지증(智證)스님은 명성이 높아 여러 차례 왕의 초청을 받은 일이 있었다. 경문왕이 그를 초청하자, 지증은 '진흙 속에 편히 있게 하여 나를 예쁜 강물에 들뜨게 하지 마십시오' 하고 정중하게 거절했다. 혜안이 있는 수행자일수록 거절하는 데도 상대의 마음을 더욱 기쁘게 하는 지혜가 있다.

혜능스님도 측천무후(則天武后)와 중종(中宗)의 초청을 받았으나, 늙고 병들었다는 이유로 응하지 않았다. 그런데 혜능을 국사로 추천한 사람은 일생 동안 경쟁관계로 있던 신수(神秀)와 혜안 국사(慧眼國師)였다. 신수는 혜능을 국사로 추천하면서 홍인대사(弘忍大師)로부터 부처님 의발을 전수받은 조사이기 때문이라고 그 이유를 밝혔다. 신수가 혜능을 얼마나 존경했는가를 엿볼 수 있다.

오늘날 총림 대중은 혜능과 신수의 사양과 양보의 미덕을 배워야 할 것이다.

작은 혓바닥이 칼날보다 무섭다

지옥 가운데 발설지옥(拔舌地獄)이 있다. 입으로 악업을 지은 이가 죽어서 가는 지옥이다. 특히 이 지옥은 거짓말을 많이 하고 상대를 괴롭혔다고 해서 혀를 뽑아 놓고 보섭으로 간다고 한다. 듣기에도 섬뜩하다. 그만큼 거짓말을 하지 말라는 뜻이 담겨 있다고 볼 수 있다.

거짓말을 자주 하게 되면 마음속에 진실이 소멸된다고 《화엄경》은 밝히고 있다. 그리고 이간질하고 상대를 음해한 사람은 반드시 훗날 그 결과로 인해 자기 파멸을 초래한다고 했다.

옛 사람은 진실한 말이 아니면 입을 열지도 말도록 당부했다. 그리고 참된 뜻을 모르고 입을 여는 자체가 그르다고 했다. 이것이 개구지착(開口之錯)의 의미다. 진실한 말은 상대를 감동시키지만 거짓말로 상대를 음해하게 되면 커다란 상처를 받게 된다. 그래서 설도(舌刀)라고 한다. 작은 혓바닥이 칼날보다 무섭다는 뜻이다.

그래서 고려의 나옹스님은 칭찬하고 헐뜯는 말을 듣더라도 마음을 움직이지 말라고 했다. 잘한 일이 없이 칭찬을 받는 것은 참으로 부끄러운 일이요, 허물이 있어 시비를 듣는 것은 기쁘게 생각하라고 했다.

남의 허물을 말하게 되면 마침내 그 허물이 내게로 돌아오게 되어있다. 되도록이면 남을 해치는 말을 들으면 부모를 비방하는 것같이 생각해야만 남을 헐뜯는 버릇을 고칠 수 있다고 했다.

인간은 누구나 마음속에 자기를 비추는 거울을 지니고 있다. 이 마음의 거울을 통해 자신의 결점과 허물을 살필 수 있다. 마치 업경대(業鏡臺)를 통해 자신이 살아오면서 잘못한 일을 보고 깨닫는 것과 같다. 말을 적게 할수록 실수가 적어진다.

남을 비방하고 음해를 일삼는 사람들은 그 버릇을 죽을 때까지 못 버리고 끝내는 입 안의 도끼로 자신을 찍고 만다고 한다. 입이 재앙의 문임을 깨달아야 한다.

무일물(無一物)의 정신

무일물이란 본래 한 물건도 없다는 뜻이다. 견성(見性)은 물체가 아니다. 본체는 맑고 공적하다. 근원을 적절히 표현할 언어가 마땅치 않아 무일물이라고 했다. 그리고 한 물건마저 없는데 어찌 나고 죽음이 있겠는가 하는 선사들의 깨침이 세계를 밝힌다. 특히 혜능스님이 대중들을 향해 ‘나에게 한 물건이 있는데 이름도 없고 모양도 없다. 너희들은 알겠는가?’ 하고 물었을 때 신회선사(神會禪師)는 ‘모든 부처님의 근본이요, 신회 자신의 불성’이라고 대답했다. 그래서 그는 적자가 되지 못하고 육조의 서자가 되었다. 이후 회양선사가 육조를 찾았을 때 ‘무슨 물건이 이렇게 왔는고?’ 하고 묻자, 회양선사는 끝내 대답을 못했다. 그래서 8년 간 탐구 끝에 ‘한 물건이라 하여도 맞지 않다’고 대답을 하여 육조의 수제자가 되었다.

회양선사의 무일물은 훗날 선사들 사이에서 유행어가 되어버렸고, 이보다 정확하고 뛰어난 표현을 찾지 못했다. 또 이 무일물의 정신은 나고 죽음을 부정하고 불교의 무소유 정신을 발전시키는 계기가 되었다. 일의일발 외에는 다른 물건을 지니지 않으려고 했다.

그러나 우리는 무일물과 무소유를 생활화하면서 한편으로는 수행자들의 모습이 과장되고 미화되어 사치스러운 모습으로 뒤바뀌고 있음을 볼 수 있다. 선사들이 입적하고 나면 평소 생활했던 검소한 모습을 찾을 수 없고 화려하고 사치스런 모습으로 새로이 탄생되고 있다. 하나는 진영(眞影)을 통해 나타나고 또 하나는 부도(浮屠)와 동상을 통해 나타난다. 물론 유지를 받드는 정성이 담겨 있음을 알 수 있다.

조주스님은 제자가 자기 초상화를 그려 바치자 저것이 진실한 나라면 태워 버리라고 호통을 쳤고, 서산은 자기 영정을 바라보면서 말했다.

"80년 전에는 저것이 나였더니 80년 후에는 내가 저것일세."

서산스님의 '이름을 둔한 돌에 새길 필요가 없다. 노상의 행인의 입이 곧 비석'이라고 한 말을 되새겨 볼 때다.

무애(無碍)의 삶

혜안선사(慧眼禪師)는 살아있을 때는 국사로 추앙받는 영예를 누렸으나 입적에 이르러서는 모든 소장품들을 제자들에게 나누어 주고 유촉하기를, '내가 열반에 들면 시체를 숲속에 놓아두고 들불에 타도록 하라'고 했다. 끝내 혜안선사는 들불로 화장을 했다.

일생 동안 무소유로 사신 청활선사(淸豁禪師)는 스스로 임종을 예감하고 문도들에게 '내가 입적하거든 시체를 벌레들에게 주어라. 그리고 탑이나 부도를 만들지 말라'는 유언을 남기고 반석 위에 앉은 채로 입적했다. 평소 그는 시물받기를 거부했고 오히려 시물할 여유가 있으면 고통받는 사람에게 베풀라고 했다. 아무것도 소유하지 않을 때 인연에 속박당하지 않고 모든 사물에서 즐거움을 찾을 수 있다고 했다.

몇 해 전 영면한 세계적 인물 테레사 수녀가 위독하다고 외신이 전한 바 있다. 캘커타 병원에 두 번째 입원하고부터는 일절 치료를 거부하면서 가난한 사람들처럼 죽어가도록 내버려두어 달라고 의사에게 호소하였다고 한다. 그녀는 해탈의 의지가 없으나 죽음에 얽매이지 않는 여유를 보여 많은 사람들을 당시 감동시켰다. 테레사 수녀는 일생 동안 가난한 사람들과 같이했다. 그녀의 방에는 가구가 하나도 없었다고 한다. 무소유를 실천한 것이다.

노벨 평화상을 받을 때도 자기는 이런 자리가 어울리지 않는다고 했다. 병들고 가난한 사람들과 있을 때가 편하다고 솔직한 심정을 밝혔다. 상을 받은 후 많은 사람들이 특별 대접을 하려고 하자, 나를 대접하는 마음을 수도원이나 가난한 사람들에게 기울여 달라고 했다. 그녀는 성직자로서 권위나 명예가 부질없는 일이고 자기에게는 어울리지 않음을 깨닫고 있었다. 따지고 보면 권력과 명예가 있다고 해서 인간의 가치가 높아지는 것은 아니다.

욕망과 구하는 것을 버리고 나면 어느 곳에 있어도 적정처(寂靜處)가 될 수 있다. 신라시대 대안(大安)스님은 무애(無碍)의 삶을 살았다. 그가 단청빛이 화려한 요사채보다 짐승들이 있는 마굿간이 편안하다고 한 말을 이제야 알 것 같다.

산에 사는 사람의 불행

화두를 들고 있다고 해서 망상이나 잡념이 없는 것은 아니다. 정신을 집중하다보면 번뇌가 치열해질 때가 있다. 헤아릴 수 없는 상념이 찾아 들었다가 사라지면 지탱할 수 없는 공허에 빠져버릴 때가 있다. 마치 무인도에 유배(流配)되어 적소(謫所)의 삶을 사는 사람처럼 견디기 어려운 외로움이 엄습하고 참으로 사람이 그리워질 때가 있다. 누가 찾아오기로 약속된 것도 아니고 기다리는 사람이 있는 것도 아니다.

사람들이 산을 찾을 때는 자연의 아름다운 풍광에 감탄을 아끼지 않는다. 그러나 자연 속에 사는 사람들은 그 아름다움을 모르고 산다. 특히 겨울밤 가부좌를 틀고 앉아서 밤마다 짐승처럼 칭얼대며 비명을 지르고 지나가는 바람소리와 산이 내뿜고 있는 그 미칠 듯한 긴장감을 체험하고 나면 자연이 얼마나 고통스런 대상인가를 깨달을 것이다.

산에 살려면 외로움에 익숙해야 한다. 원효스님은 사람들이 누구나 산속에 들어가 수행하려고 하나, 실제 행동으로 옮기지 못하는 것은 세속적 애욕때문이라고 했다. 애욕은 자기를 속박하고 고통을 만든다. 견성이란 자기 진면목의 자각이다. 그래서 산에 들어가려면 먼저 자기 출리(出離)가 이루어져야 하고 위대한 버림이 있어야 한다. 그런 후에야 산사에 들어 화두를 통해 침묵과 지혜를 익힐 수 있다.

혜능(慧能)을 찾아 깨달음을 인가받은 영가선사(永嘉禪師)는 산에는 신령스런 지혜가 있는가 하면 무한한 생명의 신비가 있다고 했다. 그리고 적별한 본성에서 무엇을 찾으려고 하지도 말고 육신을 버리고 붙잡지도 말라고 했다.

원효의 지적처럼 애욕과 명예에 사로잡힌 사람은 산에 들어가기 쉽지 않다. 구름과 바람으로 삶을 만들고 있는 사람만이 삶과 죽음을 뛰어넘은 화두를 들고 자기와 싸우는 정진을 할 수 있다.

그 정진 속에는 주고 받는 이해관계도 없고 사람에 대한 애증도 없다. 산에 사는 사람이 산이 가지고 있는 침묵과 지혜를 잃을 때만큼 불행한 일도 없다.

날마다 새로운 날

선사들의 개성을 살펴보면 크게는 두 가지로 분류할 수 있다. 한쪽은 온건한 덕성(德性)을 지니고 있는 분들이고, 또 한쪽은 매우 격렬한 선기(禪機)를 가지고 있는 분들이다. 온건한 성격을 가진 대표적 선사라면 위산(潙山)과 동산(洞山)이라 할 수 있고, 거칠고 격렬한 선기로 우리 영혼에 충격을 준 선사는 임제(臨濟)와 운문(雲門) 선사라고 할 수 있다.

임제선사의 할(喝) 소리는 사자의 포효에 비유될 만큼 깊은 의미를 지니고 있었다. 따라서 임제의 할에 압도당하지 않는 사람이 없었다. 비록 상대가 지위나 권력을 가졌다 할지라도 임제의 할소리에 고개를 숙이지 않는 사람이 없었다. 그는 집착을 거부했다. 그래서 부처와 조사에게도 얽매이지 말도록 누누이 강조했다. 부처와 조사에 얽매이다 보면 자성을 잃고 만다는 것을 일깨워 준 것이다.

임제보다 더 격렬한 분이 운문선사다. 그는 악담과 독설로 상대를 압도했다. 어느날 운문은 법상에 올라 이렇게 말했다.

"15일 이전은 너희들에게 묻지 않겠다. 15일 이후에 대해서 한 마디 일러보라."

한 번 지나간 역사는 묻지 않을 테니 앞으로 어떻게 살 것인가 말해 보라는 뜻이다. 제자들은 아무 말이 없었다. 이때 운문은 '일일호시일(日日好是日)'이라고 말했다. '날마다 좋은 날'이라는 뜻이다. 하루하루가 지루하고 권태스런 날이 아니고 늘 새로운 날이라고 운문은 말했다.

사람을 키우는 것도 중요하다

설봉의존(雪峰依存)은 방(棒)으로 유명한 덕산(德山)의 제자다. 덕산은 성격이 호탕하고 거친 데가 있었으나 방(棒)으로 많은 사람을 깨우쳤다. 설봉은 대기만성(大器晚成)의 근기를 갖고 있었다. 그래서 수행기간이 다른 사람에 비해 길었고 인내의 근성이 있었다. '투자산(投子山)'에 세 번이나 갔는가 하면 동산(洞山)에게 아홉 번이나 갈만큼 열성적이었다. 깨치기 위해서는 자존심도 생각지 않고 선지식을 찾았다.

설봉은 개오(開悟)를 위해 스스로 하심(下心)을 했다. 하심이란 자기절복(自己折伏)이다. 항상 그의 손에는 국자가 들려 있었고 어느 곳에나 공양주를 자청하여 자기를 낮추고 음덕(陰德)을 쌓았다. 지덕(智德)을 겸비한 선사가 되기 위해서였다.

지혜가 뛰어나면 덕이 부족하기 마련이다. 하지만 덕이 있을 때는 대중을 널리 포용할 수 있다. 그는 암두선사의 지도로 견성하고 49세에 설봉산의 주인이 되었다.

그의 제자들 가운데는 중국 선종사의 걸물들이 많았다. 운문(雲門), 현사(玄沙), 취암 등 40여 명의 거장(巨匠)들이 그들이다. 그의 선적(禪的) 감화(感化)가 얼마나 위대했는가를 엿볼 수 있는 대목이다.

〈오등회원(五燈會元)〉에 의하면 설봉의 위대함을 다음과 같이 표현하고 있다.

"설봉의 법석에는 언제나 천오백의 대중이 상주했고 그 숫자가 항상 줄지 않았다. 설봉의 지덕(智德)은 대중을 부르지 않아도 대중을 모이게 했고 그의 가르침만 받으면 명안납자가 되었다. 법기(法器)로 다듬는 재능이 뛰어났다. 그는 집짓는 불사(佛事)보다 사람을 키우는 데 심혈을 기울였다. 위대한 인물이 있게 되면 수행시설은 뒤따르게 된다고 믿었기 때문이다. 그래서 설봉선사의 주변에는 뛰어난 인물들이 많았다."

선불장(選佛場)이란 범부의 인격을 고쳐 부처로 탄생케 한 곳이다. 이곳에는 부처를 일구는 사람들이 모여 있어야 한다. 단청빛이 찬란한 전각(殿閣)들은 훗날 문화재로 평가받겠지만 그 시설들이 수행의 기능을 다할 때 인재를 키우는 산실(産室)이 될 수 있다. 몇 십억 불사(佛事)도 중요하지만 사람 키우는 데 보다 많은 투자가 있어야 할 것이다.

삼보(三寶) 사찰을 제외한 본사에 대중들이 없다고 한다. 사방을 놀아봐도 사람이 없다고 한 경허스님의 말씀을 깨달을 것도 같다.

총림 방장

총림이란 '빈다바나'의 음역이며, 단림(檀臨)이라고 번역하여 그 의미를 사용하고 있다. 여러 수행하는 스님들이 화합하여 함께 안거(安居)하는 종합적 수행도량을 총림이라 한다. 마치 나무와 수풀이 어우러져 군락을 이루듯이 승속이 자기 근기(根氣)에 따라 수행하는 곳이다.

총림을 대표하는 사람은 주지가 아니고 방장이다. 방장은 깨침을 인가하고 혜등(慧燈)을 밝히는 정신적 지도자다.

부처님은 법을 전수하는 데 언어를 사용하지 않았다. 불립문자(不立文字)와 견성성불(見性成佛)을 통해서 정법안장(正法眼藏)과 열반묘심(涅槃妙心)을 전했다. 그리고 깨침을 인가하고 법맥을 전하는 데 이심전심(以心傳心)의 방법을 사용했다. 깨침을 인가받는 데 있어 다수 대중의 지지나 제자가 많다고 법을 전하지 않았다.

혜능(慧能)은 행자의 신분으로 있었지만, 자성(自性)을 깨치고 증득함이 있어 다수 대중의 지지를 받고 있었던 신수(神秀)를 제치고 홍인(弘忍)의 제자가 되고 불조(佛祖)의 법통을 이어받았다. 그리고 회양선사가 혜능을 찾아 법을 묻자, 혜능은 '어떤 물건이 이렇게 왔는고?'라며 반문했다.

회양선사는 아무 말도 못하고 8년 동안 마음을 갈고 닦은 끝에 '한 물건이라도 맞지 않다'고 대답을 한 후 인가를 받고 적자가 되었다. 또 임제선사는 황벽화상에게 90방(棒)을 맞고 깨침을 인정받았다.

올바른 깨침을 판단하는 일은 눈밝은 신지식이나 본분종사만이 할 수 있다. 안거(安居)의 경력이 많다고 방장이 되는 것은 아니다. 견성실험(見性實驗)을 통해 자성(自性)을 깨치고, 증득한 눈밝은 선지식(善知識)에게 검증을 거치고 자기 내면을 게송(偈頌)으로 표현한 수행자만이 방장이 될 수 있다.

여기에는 정실과 이해가 개입될 수 없다. 대중적 지지나 문도들의 성원이 있다 하더라도 확철대오함이 없으면 방장이 된다는 욕심을 버려야 한다. 깨침의 검증없이 방장자리에 오르는 것은 불조를 속이고 눈밝은 납자들을 욕되게 하는 일이다. 비록 종헌, 종법에 의거하여 선출하고 추대하는 절차가 있다 하더라도 방장이 된다는 야망을 버려야 한다.

그렇지 않아도 조실도 없이 동안거(冬安居)를 지낸 선원이 많았다고 한다. 이로 미루어볼 때 개오(開悟)를 인가하는 눈밝은 본분종사가 우리 주위에 많지 않은 것 같다. 또한 견성체험을 인가받지 않은 수행인이 방장과 조실의 자리를 탐내고 있다 한다. 본사 주지 추천 권한이 방장에게 주어져 있기 때문이다.

그러므로 방장마저 다수의 힘으로 만들어지는 풍토만은 없어져야 한다.

진실한 선우

보화존자(普化尊者)의 입적은 많은 선사들에게 교훈적 일화로 남아있다. 그는 임제선사와 같이 있다가 '나에게 옷 한 벌을 줄 수 없느냐'고 청했다. 그렇다고 보화존자에게 입을 옷이 없었던 것도 아니었다. 다만 다 떨어진 누더기를 입고 있었을 뿐이었다. 대중들이 다투어 새옷을 만들어 보화존자에게 주었다. 그때마다 그는 내가 주문한 옷이 아니라고 거절해 버렸다. 대중들은 보화의 진의를 알지 못해 어리둥절했다.

어느날 임제선사가 시자한데 부탁하여 관(棺) 하나를 구해오게 했다. 그리고 보화존자를 불렀다. 자네가 요구한 옷 한 벌을 구해 놓았으니 한번 입어 보라고 관을 가리키면서 말했다. 그때야 보화존자는 바로 이것이 내가 입고 갈 옷이라고 기뻐했다.

해탈을 성취한 선사들은 자기 임종 앞에서 이렇게 여유가 있었다. 그리고 수행자는 비정할 만큼 육신을 홀대한다. 종국에는 한 생애의 삶을 인멸시키기 위해 화장을 하여 남은 유골마저 갈아 흩어버린다.

일본의 어떤 황후는 자기가 죽거든 불에 태우지도 말고 흙에 묻지도 말고 들가에 버려 한때나마 주린 짐승들의 요깃거리가 되게 해달라고 유언을 한 일이 있었다. 수행자 중에서도 일본 황후와 같은 입적방법을 선택한 일이 간혹 있었다. 스스로 자신의 임종을 예견한 선사들은 거추장스런 장례절차의 폐를 끼치지 않기 위해 깊은 산으로 들어가 율무염주를 목에 걸고 좌탈입망(坐脫立亡)하여 대중들을 놀라게 한 일이 있었다.

얼마전 친장(天藏)스님의 입적 소식을 듣고 지난 일들이 생기되었다. 그의 입적은 그가 살아온 삶만큼 화려하지도 않고 어쩐지 초라해 보였다. 그와 절친한 도반들마저 생전의 우정을 저버린 것 같아 마음이 아프다. 고통을 같이 나누어 갖는 마음이 진실한 선우(善友)란 것을 깨달았으면 한다.

사랑하는 마음이 변하면 증오가 된다

수행인이 이권을 가지고 다투거나 재물을 놓고 논쟁을 하는 것은 바람직한 일이 아니다.

부처님은 제자인 아난존자와 길을 가다가 금괴를 보고 '독사 보아라'고 말한 일이 있다. 재물에 대한 욕망을 경계한 것이다. 보조국사는 재택을 탐하는 것은 독사에게 물린 것보다 더 큰 화를 자초하게 된다고 경책했다.

삼독(三毒)은 인간을 병들게 하는 근본이다. 그래서 적게 가질수록 욕망에서 자유스러워진다고 원효는 말했다. 이 욕망 때문에 사람과 사람의 사이가 가까워지기도 하고 숙원지간으로 변해버리는 경우가 있다. 선행을 바탕으로 한 인간관계가 아니고 이해관계로 맺어진 사이이기 때문에 득실에 따라 마음이 변하는 것이다.

도반(道伴) 사이도 마찬가지다. 이해관계로 맺어진 우정이기에 얻고 잃음에 따라 그 관계가 변해버리고 만다. 서로를 위해 헌신하는 선우(善友)가 아니기 때문이다. 따지고 보면 제 몸도 끝내는 자기 것이 아님을 모르기 때문에 스스로 욕망의 노예로 전락하고 만다.

중국 양나라에 장이(張耳)와 진여(陳餘)라는 두 신하가 있었다.

두 사람은 절대권력을 나누어 가지면서 혈육을 나눈 형제보다 우
정이 깊었다. 권력을 공유하는 데 서로의 도움이 필요했기 때문
에 두 사람은 결합했던 것이다.

　이 두 사람의 우정을 보고 사람들은 황금도 분토(糞土)같이 보
인다고 극찬했다. 우정의 극치를 표현한 말 가운데 이보다 적당
한 말이 없을 것 같다. 그러나 두 사람은 서로 권력을 놓고 다투
는 사이가 되어 우정의 극치는 깨지고 오히려 숙원지간이 되고
만다.

　원래 사랑하는 마음이 변하면 증오가 된다. 이때 사람들은 장
이와 진여의 사이가 나빠진 것을 보고 분토보다 더 더러운 사이
가 되어 버렸다고 빈정거렸다. 우정과 애정이 변하면 증오를 낳
고 분토보다도 더러운 사이가 된다는 것을 되새겨보아야 할 것
같다.

자제와 인욕

《금강경(金剛經)》에 가리왕(迦利王)이란 인물이 등장한다. 하지만 이는 역사적으로 생존한 인물은 아니다. 잔인한 임금을 상징하기 위해 허구적 인물을 설정한 것 같다.

가리(迦利)란 투쟁을 뜻한다. 더욱이 그는 투쟁만 일삼은 것이 아니라 잔인무도한 성격도 가지고 있었다.

부처님이 과거세에 인욕선인(忍辱仙人)이 되어 수행할 때에 인욕을 시험하기 위해 부처님의 팔다리를 끊을 만큼 극악 무도했다. 이때 부처님은 팔다리를 끊기는 처절한 상황 속에서도 가리왕을 원망하거나 미워하지 않았다고 한다. 잔인무도함과 인욕이 잘 대비되고 있다.

불교의 인욕은 단순히 참는다는 의미만 갖고 있지 않다. 참고 용서하는 뜻을 포함하고 있다. 그리고 이 인욕이 보살의 덕목이 되어 바라밀(波羅蜜)을 성취케 하고 있다. 참고 용서하는 덕목 하나만 실천해도 피안에 도달할 수 있는 것이다.

미국에서 널리 팔리는 책 가운데 하나가 교육부장관을 역임한 윌리엄 베네트가 쓴 《미국의 덕목》이라고 한다. 그 책이 잘 팔리는 이유를 한 평론가는 미국 사회의 도덕적 위기에 대한 경종이라고 지적하고 있다. 한국에만 도덕적 위기가 있는 것이 아니라 미국 사회도 병들어 있음을 알 수 있다. 윌리엄 베네트의 미덕 덕목에는 열 가지가 열거되고 있다. 불교의 10바라밀(十波羅蜜)을 연상케 하고 내용도 비슷한 데가 많다.

　열 가지 미덕의 덕목 가운데 첫째가 자제다. 자제란 자기 억제다. 자기 욕망과 본능적 욕구를 자제하기란 그리 쉬운 일이 아니다. 윌리엄 베네트는 자제를 설명하면서 그럴듯한 비유를 원용하고 있다. 한 왕이 있었는데 애지중지하게 기르던 매를 칼로 죽이고 만다. 왜냐하면 목이 말라 계곡물을 마시려고 할 때마다 매가 방해를 했기 때문이다. 그러나 왕은 뒤늦게 매가 물을 못 마시게 한 이유를 깨달았다. 물 속에 독이 들어있었던 것이다. 왕은 자제하지 못해 매만 죽이고 말았던 것이다. 자제와 인욕은 위정자와 수행자에게 꼭 필요한 덕목이다.

한 수행인의 죽음

　죽음을 입체적으로 연출하는 일은 일반인들에게는 기대할 수 없다. 그러나 수행인들 중에는 자신의 임종을 예감하고 죽음을 입체적으로 연출한 경우가 많다. 그 대표적 선사가 은봉선사(隱峰禪師)이다. 그는 좌탈입망(坐脫立亡)도 거부했다. 물구나무를 서서 입적한 것이다. 즉, 도화(倒化)다.

　분양선조(汾陽善照)스님은 권력에 가까이 가기를 꺼려한 대표적인 인물이다. 지방장관으로부터 세 번이나 초청을 받았지만 그때마다 사절을 했다. 그러나 끝까지 버틸 수 없어 결국 승낙을 했지만 그의 승낙은 지방장관의 초청에 응하기 위해서가 아니라 스스로 갈 길을 선택하기 위해서였다. 문 밖을 나선 선조스님은 '가기는 가지만 가는 길이 다릅니다' 라는 말을 마치고 선 채로 입적했다.

　또 신심명(信心銘)으로 잘 알려진 승찬대사는 제자들과 작별인사를 나눈 후 뜨락을 껑충 뛰어내린 후 문 앞의 버들가지를 쥔 채로 입적했고, 앙산(仰山)선사는 평소 시은(施恩)을 많이 입은 신도집을 찾아가 어디 좀 다녀오겠다고 하직을 하고 제 손으로 다비목(茶毘木)을 쌓은 후 불을 놓고 불 속에 서서 그대로 입적했다.

수행인의 죽음은 단순히 생의 마감으로 해석하지 않고 법신(法身)의 새로운 삶의 시작으로 본다. 그래서 삶과 죽음이 둘이 아니라고 강조한다.

불교처럼 육신을 홀대하는 종교도 없다. 오히려 육신의 유해를 이 강산의 부스럼딱지처럼 남겨두기가 싫어 육신을 태워서 그 본질로 돌려보낸다. 불교의 적멸(寂滅)은 단순한 소멸이 아니라 법신의 왕성이다.

월정사 주지를 지낸 도명(道明)스님도 육신의 고통과 싸우다가 앉아서 열반했다. 좌탈을 한 것이다. 평소 그는 출격장부(出格丈夫)의 의리와 남을 위해 자신을 희생하는 헌신적 자비를 실천했다. 그리고 강원도 오지에 유치원을 여덟 군데나 설립했다.

그러나 자신이 좋아했던 오대산에서 입적하지는 못했다. 그는 입적을 통해 모든 것을 화합하고 용서했는데 아직도 그와 화해하지 못한 사람들이 있는 것 같아 아쉽다.

우리 사회의 도덕적 위기

한백유(韓伯兪)는 어릴 때 많은 매를 맞으면서 성장한 선비로 알려져 있다. 그의 어머니가 화를 잘내는 성미였기 때문에 걸핏하면 매질을 했던 것이다. 그러나 한백유는 어머니에게 반감을 갖거나 원망을 하지 않았다. 어머니의 성격과 달리 한백유는 인내력이 강했던 것이다. 오히려 그는 어머니에게 매를 맞을 때마다 즐거워했다고 한다.

그런데 어느날 한백유는 매를 맞으며 엉엉 울고 말았다. 매질을 하던 어머니는 깜짝 놀라 자식에게 물었다.

"전에는 벌을 주어도 달게 받더니 오늘은 왜 울고 있느냐?"

이때 한백유는 이렇게 대답했다.

"그동안 어머니가 저를 때릴 때는 항상 아팠기 때문에 어머니 건강이 좋으신 것으로 남몰래 위로를 받았습니다. 그런데 오늘은 매를 맞아도 아프지가 않습니다. 아마 어머니의 기력이 많이 쇠약해진 까닭인 것 같습니다. 그러니 제가 어찌 울지 않을 수 있겠습니까."

어머니의 매질을 통해 어머니의 건강을 확인하고, 몸이 쇠약해진 것을 한백유는 걱정한 것이다.

　지금 우리 사회는 손을 쓰지 않으면 안될 만큼 인륜과 도덕의 위기국면을 맞고 있다. '지존파' 일당의 극악무도한 살인사건을 비롯하여 증인에 대한 보복살인, 어린이 유괴살인 사건, 유흥비 마련을 위해 아버지를 살해한 사건, 그리고 유산상속을 위해 아버지를 잔인하게 살인한 대학교수…….

　우리의 상상을 초월한 흉악범죄가 계속되고 있다. 생명의 존엄성이 유린되고 인간관계의 친화력이 거부되는 위기를 맞고 있다. 인간성의 상실은 생명윤리의 몰락과 직결된다. 생명을 존엄시하지 않는 사회일수록 인륜을 무시하는 범죄는 속출할 수밖에 없다.

　솔직히 말해 지난 30년 우리의 국가정책은 경제성장 일변도에만 치중했다. 인성교육을 소홀히 한 것이다. 경쟁을 위주로 한 사회일수록 친화적 공동체는 해체되고 만다. 효의 실천은 생명존중의 근본적 논리다. 사회 각계에서 인간성을 회복하자는 운동이 활발히 전개되고 있지만, 우리 사회의 도덕적 위기는 이런 구호나 캠페인만으로는 해결될 수 없다.

너그러운 사람에게는 적이 없다

《논어(論語)》에 보면 관즉득중(寬則得衆)이란 말이 있다. 위정자(爲政者)가 지녀야 할 덕목을 강조한 뜻이 여기에 담겨져 있다. 무엇보다 위정자는 백성에게 관대해야 한다. 관대한 정치를 하면 많은 무리를 얻게 될 뿐만 아니라, 국민은 국가를 위해 일할 신바람을 일으키게 된다. 반면 위정자가 자만하여 독선에 빠지게 되면 민심은 자연히 그로부터 이탈되고 만다.

너그러운 덕목을 지닌 사람일수록 그 밑에 많은 사람이 모이게 된다. 그래서 많이 용서할수록 상대로부터 용서받을 수도 있다. 위정자는 물론 개인도 대인관계에 있어서 너그러워야 한다. 너그러운 사람에게는 적이 없다. 그만큼 많은 사람의 잘못을 용서하기 때문에 적대관계의 인과(因果)가 성립되지 않는 것이다.

불교에서 말하는 하심(下心)은 자기를 낮추는 뜻도 있지만 남을 위해 희생한다는 정신이 담겨 있다. 그래서 옛사람들은 벼슬이 높을수록 자만하지 말고 그 뜻을 낮추라고 했다. 상대를 감동시키는데 하심과 겸손만큼 아름다운 미덕도 없다.

공손한 사람일수록 상대를 무시하거나 업신여기지 않는다. 교만하고 독선적일 때 사람들에게 미움을 받는다. 관대하다는 것은 공손하다는 뜻도 있지만 용서의 정신도 포함되어 있다. 만약 패자에게 공손할 수 있는 정신을 가진 사람이 있다면 그 사람은 반드시 패자에게 진심으로 협조받을 수 있는 것이다.

부처님같이 앙굴마와 같은 악인을 용서할 수 있는 관대한 덕목은 구족하지 못했을지라도 용서하고 참회하는 미덕은 지니고 있어야 한다. 패자의 가슴속에 남아있는 앙금은 사라지고 원한은 되풀이되지 않는다.

지도자일수록 공즉하모(恭則下侮)하는 정신 자세를 잃어서는 안 된다. 자기를 낮출수록 그 위상이 높아진다는 사실을 깨달아야 할 것이다.

직함이 많을수록 허물이 그만큼 크다

늙으면 노욕(老欲)이 생긴다고 한다. 모든 노인이 다 그렇다는 이야기는 아니다. 노인들의 욕망은 세 가지로 분류된다. 오래 살겠다는 생명욕이 그 첫번째다. 두 번째는 재물욕이다. 지나치게 탐욕에 사로잡혀 자식과 이웃에게 되돌려주는 회향(廻向)정신이 없다는 것이다. 세 번째가 명예욕이다. 젊었을 때 누렸던 명예에 사로잡혀 그 명예에 대한 향수를 버리지 못한다고 한다.

세 가지 욕망을 분석해 보면 일반 사람들이 평범하게 지니고 있는 인간적 본능이라고 할 수 있다. 다만 이 세 가지 욕망이 늙을수록 깊어진다는 데 문제가 있다. 노욕이 지나치면 노추(老醜)가 되고 만다. 그뿐 아니라 정(正)과 사(邪)를 분별치 못하고 측근의 이야기만 귀담아 듣는다고 한다. 그래서 원로로서 식견과 도량을 발휘하는 데 인색하다고 한다. 넓은 식견과 도량은 원로들의 고매한 인격과 명예를 유지시키는 비결이기도 하다.

수행자도 마찬가지다. 늙으면 기력이 쇠잔하여 젊은 날과 같이 용맹정진을 할 수 없다. 원효는 늙어서는 수행하기가 어렵고 고장난 수레와 같다고 했다. 그렇다고 노인을 사회 속에서 배척하자는 것은 아니다. 오히려 원로의 고견을 존중하면 그만큼 실수가 적어질 수 있다. 왜냐하면 원로들이 갖고 있는 학문과 풍부한 경험과 경륜이 그 사회의 자산이 될 수 있기 때문이다. 다만 원로들을 얼마만큼 존경하고 자문하느냐에 따라 그 가치가 달라질 수 있다.

9세기경 동산선사(洞山禪師)가 임종에 다다랐을 때 제자들을 모아놓고 이렇게 물었나.

"나는 그동안 부질없는 이름을 남겼다. 누가 나를 위해 없애주지 않겠느냐."

제자들은 넋을 잃은 것처럼 말이 없었다. 이때 나이 어린 사미(沙彌)가 일어나 그 이름을 알려 달라고 했다. 선사는 고개를 끄덕이며 말했다.

"내 부질없는 이름은 네 덕분에 다 소멸되고 말았다."

눈밝은 선지식일수록 부질없는 명예를 지우려고 한다. 많은 직함을 가질수록 허물이 그만큼 크다는 것을 알았으면 한다.

누구나 교만하면 비난을 받는다

사람의 몸에는 음양을 조절하고 조화시키는 충기(沖氣)가 있다. 충기가 원활하면 몸의 유연성이 유지되고 충기가 없으면 몸에 탄력이 줄어들고 끝내는 건강을 잃게 된다. 신체의 고화(固化) 현상도 유연성을 잃을 때부터 시작된다. 정신생활에 있어서도 충기가 있어야 균형감각을 유지할 수 있다고 한다. 이 유연성을 잃게 되면 자기 관념의 노예가 되기 쉽고, 자기 생각에 사로잡혀 상대의 의견을 외면해 버리기 쉽다고 한다. 다양한 의견을 수렴하는 융통성을 잃어버리는 것이다.

우리 주위에 있는 여러 계층의 지도자들을 보면 정신적인 유연성을 가진 사람들은 상대의 의견을 존중하고 경청하는 덕량을 가지고 있는 반면, 독선적 사고를 가진 사람일수록 여론을 무시하고 내가 아니면 안 된다는 못된 타성을 갖고 있다. 교만 때문에 사리를 판단하는 시력을 잃고만 것이다.

어느날 공자가 예(禮)에 대해서 물어보려고 노자에게 간 일이 있다. 이때 노자는 공자를 향해 말했다.

"내 듣건대 장사 잘하는 사람은 물건을 감추고 없는 체하며, 군자는 덕이 많아도 어리석은 체하는데 당신은 교기(驕氣)가 있으니 모두 버리시오. 당신의 몸에 이로울 것이 없을 것이오."

노자의 눈에는 천하의 장사를 논하고 아는 체하면서 천하를 주유하고 있는 공자가 못마땅했던 것이다.

그리고 노자와 공자의 대화 가운데 주목되는 부분은 공자가 교기를 버리지 못하고 있다고 지적한 대목이다. 교기는 수많은 교만을 만들어 낸다. 누구나 교만할 때는 많은 사람들로부터 비난을 받는다. 훗날 공자는 노자를 통해 겸허한 미덕을 배울 수 있었다. 겸허하면 비록 낮은 지위에 있더라도 대인으로 성장할 수 있고 지도자가 될 수 있다.

그래서 《역경》에서는 '귀한 지위에 있더라도 항상 낮은 데로 내려가 백성의 의견을 구하면 백성을 크게 얻는다' 고 했다. 지도자가 겸허하면 그 사회는 보다 유연해질 수 있다.

관찰해인(觀察害忍)

수행자가 중생을 교화하기 위해서는 여러 가지 덕목을 갖추어야 한다. 그 덕목 가운데에는 반드시 선교(善巧) 방편이 수반되어야 한다. 그리고 인욕과 대비심을 구족할 때 상대를 조복(調伏)시킬 수 있다. 인욕이란 참고 견딘다는 의미를 갖고 있지만 상대의 잘못을 용서하는 미덕도 있어야 한다.

불교의 인욕 가운데 관찰해인(觀察害忍)이라는 위대한 정신이 있다. 자기를 해롭게 하고 모략하는 사람까지 용서할 줄 알아야 상대를 절복시킬 수 있다는 것이다. 절복(折伏)이란 상대를 항복시키는 의미만 있는 것이 아니다. 스스로 잘못을 깨닫고 회심(悔心)까지 할 때 완전한 조복은 이루어진다.

절복행(折伏行)의 대표적 인물은 상불경(常佛輕)보살이다. 그는 만나는 사람마다 당신은 성불할 것이라고 칭찬하며 자기를 낮추었다. 중생을 미완의 여래로 섬기는 존경심이 상불경 보살에게 있었다. 그리고 인욕했다. 비록 죄를 지은 사람을 만나도 당신은 곧 부처가 될 것이라고 칭찬을 아끼지 않았다.

상대의 잘못을 단죄하지 않고, 스스로 잘못을 깨우치게 하는 것이 방편이다. 방편은 먼저 중생의 근기를 살펴 교화하는 수단을 말한다. 또 여러 가지 방편을 사용할 때는 계율을 어길 때도 있다. 그렇다고 계율 때문에 대의를 잃어서는 안 된다고 보조(普照)는 말했다. 개차(開遮)라는 계율의 융통성의 길을 연 분이 바로 보조선사다.

옛날 위정자들은 백성에게 부끄러움이 무엇인가를 가르쳤다. 또 백성을 감동시키려면 먼저 자신의 권위의식을 버려야 했다. 《채근담》에서는 자성하는 것은 매사에 약석(藥石)이 된다고 했다. 또 서산은 말했다.

"그릇된 일이 있으면 부끄러워할 줄 하는 것이 대장부의 기상이다."

법의 권위는 지킬 때에만 유지된다

중국 고전에 보면 법의 공정함을 의미하는 이런 말이 있다.

"아무리 고귀한 사람이라 해도 법이 그 앞에서 알랑거릴 수 없고 굴곡이 심한 나무라고 해서 먹줄까지 굽을 수는 없다."

법이 만인에게 공정하게 적용될 때 편파적 시비를 막을 수 있다. 그래서 법은 언제나 공정을 본질로 하기 때문에 신분의 귀천을 가리지 않고, 먹줄은 직(直)을 본질로 하기 때문에 굽은 재목이라도 먹줄을 굽게 칠 수는 없다. 만일 법이 공정을 잃으면 사회의 기강을 잡을 수 없다. 그리고 위정자의 정책을 믿지 않는다. 바로 여기서 백성의 불신이 쌓이게 된다. 그것은 먹줄이 곧지 않으면 목수가 재목을 곧게 다듬을 수 없는 이치와 같다.

법은 사회질서를 유지하기 위한 합의이며 인간행위의 규율이다. 그리고 국민을 평등하게 보호하고 약점을 보완하기 위해 법이 존재한다. 인간의 약점에서 생기기 쉬운 잘못을 사전에 막기 위해 법을 제정한 것이다. 법이 강자와 약자를 가리지 않고 공정하게 적용될 때 법의 존엄성은 유지된다. 만약 법이 강자에게 적용되지 않고 약자에게만 강요된다면 법 자체로서 의미가 없게 된다.

그러나 권력을 잡은 사람들은 간혹 국민적 합의를 저버리고 잔인하고 부끄러운 일을 서슴없이 하는 경우가 있다. 권력 남용이 비극을 초래한다는 교훈을 잊어버린 것이다. 따지고 보면 삼권분립도 인간의 과욕을 막기 위해 만들어진 제도다. 법에 대한 권위는 남보지 않는 데서도 지킬 때만이 유지된다.

고대 그리스 인은 처벌이나 범죄방지를 위해서 법을 제정하지 않았다고 한다. 인간의 약점을 보완하고 욕망을 제어하기 위해 법을 제정하고 스스로 그 법에 구속되었다고 한다. 그래서 그리스 인은 법을 두려워하거나 미워하지 않았다고 한다.

또 그리스 인은 악법이라 생각되어도 투쟁하지 않고 지켰던 것이다. 그 좋은 예가 소크라테스가 사약을 거부하지 않고 죽음을 택한 일이라고 할 수 있다. 그의 그러한 행동은 국민적 합의를 지키기 위한 것으로 볼 수 있다.

어찌하여 부처를 팔아 업을 짓느냐

두타(頭陀)란 떨어져버린다는 의미다. 고행을 통해 번뇌를 제거하고 본래 모습을 드러내는 것이 두타행(頭陀行)이다.

부처님 제자 가운데 두타행을 실천한 사람은 가섭존자다. 그는 자신이 쌓은 덕과 깨침을 실험하고 고통받는 사람과 합일하기 위해 스스로 자기를 버리는 만행(萬行)을 일삼은 대표적 인물이다.

가섭존자가 두타행을 할 때였다. 걸식을 하기 위해 처음 만난 사람은 나병 환자였다. 나병 환자는 발우(鉢盂) 앞에 밥을 던졌다. 그 순간 그의 손가락 하나가 떨어졌다. 가섭존자는 나무그늘 밑으로 자리를 옮겨 밥을 먹었다. 그러나 더럽다는 생각을 하지 않았다. 가섭존자는 장애자가 준 밥을 받아 먹으면서 고통을 나누어 갖는다는 생각만 한 것이다. 고통을 나누어 가질 때 진실로 우리는 이웃이 될 수 있다.

부처님 제자 아난존자는 할머니를 만나 밥을 구했다. 그러나 할머니는 아무것도 줄 것이 없었다. 아난존자는 따뜻한 물 한 그릇을 얻어 마시고 할머니에게 살 것이 있다고 주문했다. 할머니는 당황하면서 자신은 아무것도 갖고 있지 않다고 애원하듯 말했다. 아난존자는 할머니에게 사고 싶은 것은 값진 물건이 아니라

할머니의 때묻지 않은 마음과 비록 가난해도 남의 물건을 탐하지
않는 마음이라고 말했다.

불타는 일찍이 '어찌하여 도둑들이 내 옷을 꾸며 입고 부처를
팔아 온갖 나쁜 업을 짓고 있느냐' 고 꾸짖은 일이 있다. 그리고
어떤 수행인은 마음을 깨치지 못한 결과로 죽어서 버섯이 되어
시주의 은혜를 갚았다고 한다. 수행자가 귀담아 들을 이야기다.

자족의 가치

불교를 배운다는 것은 곧 자기를 배우는 일이다. 자기를 배운다는 것은 자기를 잊어버릴 때 가능하다. 자기를 잊어버리면 자기를 텅 비울 수 있다. 이때 무아(無我)에 도달할 수 있다. 그리고 자기를 비워버리면 체험의 세계와 하나가 되어 그 어떤 것과도 대립하지 않고 모든 사람과 화합할 수 있다.

중국 불교사에서 삼은성자(三隱聖者)를 풍간, 한산, 습득선사라고 한다. 풍간선사는 오랫동안 국청사(國淸寺) 주지를 지냈다. 이때 공양주를 습득이 했다고 한다. 습득이란 법명은 길가에 버려진 아이를 주워서 기른 데에서 비롯되었다고 한다. 그리고 한산은 국청사에서 가까운 곳에 토굴을 지어 살면서 먹을 것을 구하기 위해 하루 한 번씩 국청사로 내려왔다고 한다. 이때 습득은 누룽지를 한산에게 주었고 누룽지가 없는 날이면 구정물통에 담겨 있는 음식을 건져 깨끗이 씻어 주린 창자를 채웠다고 한다.

어느날 그 고을 자사(刺史)가 한산을 찾아와 비단을 비롯해 쌀가마를 시주하려고 했다. 한산은 그 시물을 거들떠보지도 않고 오히려 자사를 꾸짖었다.

"이 도적놈아, 빨리 물건을 가지고 가라!"

이처럼 누룽지를 먹고 있었지만 시물을 받지 않았다. 아무것도 소유하지 않았으나 자기를 비웠기 때문에 자족할 수 있었던 것이다. 자족의 가치는 아무것도 갖지 않았을 때 돋보인다. 그래서 한산은 일체에 걸림이 없었다.

옛날 어떤 농부가 밭을 갈다가 구슬을 주웠다. 농부는 그 구슬을 벼슬아치에게 바쳤으나 벼슬아치는 그것을 받지 않았다. 농부는 간청했다.

"이 구슬은 저희들의 보배이니 꼭 받아 주십시오."

이때 벼슬아치는 타이르며 말했다.

"그대는 그 구슬로 보배를 삼고 나는 받지 않는 것으로 보배를 삼으니, 만일 내가 그 보배를 받는다면 그대와 내가 모두 보배를 잃는 셈이 아니냐."

주고 받는 관계가 이토록 아름다울 수 없다. 보배를 벼슬아치에게 주려고 하는 농부의 마음과 그것을 받지 않은 것으로 보배를 삼은 벼슬아치의 안목에 진한 감동을 느끼지 않을 수 없다.

복전(福田)의 씨앗

사람은 누구나 태어날 때부터 불성(佛性)을 지니고 있다. 그래서 모든 생명체는 부처가 될 수 있는 가능성을 지니고 있는 존재라고 주장한다. 다만 주어진 생명력, 즉 불성을 어떻게 쓰느냐에 따라서 그 존재의 위치는 달라진다. 자기의 본성을 바람직한 쪽으로 잘만 쓰면 중생의 업력(業力)은 줄어들고 거듭 향상하여 부처의 경지에 오를 수 있다.

반면 평등한 불성이라도 한 생각을 잘못 일으키면 그것은 자기 파멸의 업력이 될 뿐 아니라 팔만사천의 장애를 일으킨다고 서산 스님은 지적했다. 그래서 중생의 삶은 주어진 생명을 쓰기에 따라서 존재의 빛깔이 달라진다.

업력이란 생각에 의해 이루어진 행위다. 특히 중생은 삼업(三業)의 속박에서 벗어날 수 없다. 말과 행동, 그리고 생각에 따라서 삶의 둘레가 달라진다. 착한 행동과 말일수록 이웃에게 즐거움을 주고 거친 말과 행동은 사람의 마음에 상처를 주기 쉽다.

선업(善業)이란 큰일에서부터 시작되지 않는다. 아주 작은 일에서부터 자신의 모습을 바꾸는 나눔이 시작되어야 한다. 덕승(德勝)과 아간(阿干)은 바늘 하나, 흙 한 줌을 시주한 인연으로 훗날 전륜성왕으로 태어났다는 경전의 기록을 보더라도 선업은 자신을 구원하는 길이다. 소유한 물건을 주기는 쉽지만 그 마음속에 중생을 유익케 하는 마음이 담겨 있어야 그것이 복전(福田)의 씨앗이 된다.

팔풍(八風)과 팔난(八難)도 따지고 보면 업력의 소산이라고 할 수 있다. 이 업력 가운데는 인재와 천재의 재앙이 결합되어 있지만 선업을 저버리는 데서 오는 인과다. 주위에서 일어나는 크고 작은 사고는 대부분 인재에 속한다고 할 수 있다.

신라 선덕여왕 당시 동해의 물이 붉어 고기와 자라떼들이 폐사했다는 기록을 보면 옛날에도 지금과 같은 천재는 있었던 것 같다. 다만 그때에는 이러한 천재를 하늘의 응징이라고 생각하고 위정자들은 반성의 기회를 가졌다고 한다.

종교적 편견

단하천연선사가 목불을 태운 일화는 우리에게 많은 교훈을 준다. 추운 겨울날 다 떨어진 누더기를 걸치고 법당으로 안내받은 천연은 추위를 참고 견디다 못해 불상을 바라보았다. 불상이 나무로 조성된 것을 깨달은 천연은 불상을 탁자에서 들어 마룻바닥에 놓고 도끼로 쪼개어 불을 지폈다. 법당 안은 연기로 가득하고 불빛이 타올랐다. 목불은 순식간에 장작으로 변해 타고 있었다.

신성하고 존엄한 불상을 쪼개고 불태운다는 일은 보통 수행인으로는 상상도 할 수 없는 일이다. 지금 우리 주위에서 이런 일이 일어났다면 그 수행인은 살아남기 어려웠을 것이다. 그리고 정신 이상자로 매도되고 말았을 것이다. 율장에서도 삼보를 훼손한 일은 중죄에 속한다고 밝히고 있다. 그러나 천연은 불상을 태우고 말았다.

잠들어 있던 대중들은 법당에서 불빛이 활활 타고 있는 것을 발견하고 '불이야!' 라고 소리쳤다. 대중들은 법당으로 모여들었다. 법당에 불이 나지 않은 것은 안도했지만 탁자 위에 모셔진 목불이 없어진 것을 발견했다. 그때야 천연이 목불을 태우고 있음을 깨달은 대중은 크게 분노했다. 천연의 멱살을 잡고 그를 치려고 했다. 이때 천연은 할(喝)을 했다. 그의 우레와 같은 고함은 법당을 흔들었다. 천연은 대중을 향해 이렇게 꾸짖었다.

"너희들이 찾고 있는 부처는 목불이 아니라 진불(眞佛)이다. 이 목불이 참된 부처라면 내가 다비를 했으니 사리가 나올 것이다. 만약 사리가 나오지 않는다면 나무토막에 불과할 뿐이다."

천연은 막대기로 재 속에서 사리를 찾았다. 끝내 사리는 나오지 않았다. 그때야 대중은 고개를 떨구고 각기 방으로 돌아갔다.

임제선사는 부처와 조사와 부모 형제에게도 얽매이지 말라고 했다. 부처와 조사에 얽매이면 자신이 곧 부처임을 잃는다고 했다. 참다운 종교인일수록 자기가 믿는 교주에게 안주해서는 안 된다. 부처와 예수로부터 자유스러워질 때 참다운 종교인이 될 수 있다.

절대권력을 가진 지도자일수록 종교적 편견을 가져서는 안 된다. 왜냐하면 전체를 보는 시야를 잃기 때문이다.

법신(法身)의 진면목

아미타(阿彌陀)란 무량수(無量壽)를 뜻한다. 한량없는 목숨을 지닌 법신(法身)이란 의미다. 인간의 수명을 초월하고 생사의 지배를 받지 않는 분이 아미타불이다. 그러나 한량없는 목숨은 아미타여래만이 성취할 수 있는 것이 아니다. 법신의 진면목을 깨친 분은 스스로 무한한 목숨의 한계를 버린다. 적멸견성(寂滅見性)으로 도달할 수 있는 불교의 최고 이상이다. 그래서 적멸은 죽음의 침묵이 아니라 법신으로 탄생되는 새로운 즐거움이다. 적멸을 체현한 조사일수록 나고 죽음에 초연했다.

몇 해 전 범어사에 덕상스님이 계셨다. 노스님은 아침 공양이 끝나면 낫을 들고 금정산에 올라 나무를 향해 다음과 같이 소리쳤다고 한다.

"곧게 자라야 한다."

그리고 나뭇가지를 자르고 나무가 곧게 자랄 수 있도록 토양을 마련해 주었다고 한다. 세수(世壽) 80세가 되었을 때 덕상 노스님은 대중을 향해 자신이 없어지면 찾지 말라고 당부를 했다고 한다. 대중들은 덕상스님의 말을 귀담아 듣지 않았다. 그런데 며칠이 지나 노스님은 자취를 감추고 말았다. 그때야 행방을 찾았지만 끝내 거처를 확인하지 못했다.

3개월이 지난 어느 날이었다.

금정산 미륵암이 있는 바위 위에서 그의 시신이 발견되었다. 신발을 가지런히 정돈해 놓고 그는 마치 죽음보다 깊은 잠을 자고 있는 듯했다. 비록 육신은 반쯤 부패해 있었으나 마치 육신을 헌옷 버리듯이 버리고 있었다. 육신의 허망함을 적나라하게 확인시켜 주고 있는 반면, 스스로 좌탈입망(坐脫立亡)을 실천하여 장례의식 절차를 줄여주고 있었다.

중국 경통선사(景通禪師)는 다른 수행자와 달리 독특한 수행가풍을 지니고 있다. 그는 제자나 신도들에게 누를 끼치지 않으려고 임종할 때까지 몸가짐을 철저히 했다. 경산선사(景山禪師)는 세상을 떠날 때에 들 가운데 나무를 많이 쌓아 놓고는 신도들 집에 가서 '어디 좀 다녀오겠다' 하고 말한 뒤에 제 손으로 불을 놓아 불 속에 서서 자화장(自火葬)으로 일생을 마쳤다.

조주선사(趙州禪師)는 어떤 스님이 열반하자, 장례행렬을 보고 말했다.

"수많은 죽은 사람이 단 하나의 산 사람을 쫓아가는군!"

방망이를 맞는 즐거움

중국 불교사에 뛰어난 두 선사가 있었는데, 한 분은 방(棒)으로 유명한 황벽선사(黃檗禪師)고, 또 한 분은 할(喝)로써 이름을 떨친 임제선사(臨濟禪師)다. 여기서 방(棒)이란 우리가 보통 말하는 방망이를 말하고, 할(喝)은 큰소리로 고함치는 것을 의미한다. 특히 황벽에 있어 방은 많은 사람을 구타하는 데 사용되었을 뿐 아니라 영혼을 갈기갈기 찢어버리는 상처까지 내버리는 힘을 가지고 있었다.

그러나 황벽선사는 방을 감정적으로 사용치 않았다. 깨침을 여는〔開悟〕 도구로 사용했다. 그의 제자 임제선사가 처음 찾아와 '부처님 법이란 어떤 것입니까?' 하고 질문했을 때 황벽선사는 아무 말도 하지 않은 채 30방을 쳤다. 그러나 임제가 지닌 마음의 어둠은 깊었다. 지혜의 불빛이 일어나지 않았다. 임제는 3일 동안 불법의 근본을 물으면서 90방의 매를 맞았다. 몸 전체에 멍이 들었고 장독(杖毒)이 맺혔다.

마치 고문을 당한 것같이 진통이 심했다. 그렇다고 구타를 당했다는 억울한 생각을 갖지 않았다. 황벽선사만이 지니고 있는 특수한 교육 방법이고 수행 가풍이라고 생각을 했다. 황벽의 방은 드디어 임제선사의 눈을 열었다. 그리고 스승의 멱살을 잡고 고함〔喝〕을 질렀다. 이때 황벽선사는 임제의 등을 두드리며 부처를 치고 조사를 칠 만하다고 칭찬을 아끼지 않았다. 이후 임제선사는 스승과 달리 방을 사용치 않았다. 그 나름의 독특한 가풍을 갖기 위해 '할'을 사용했다.

어느날 임제선사에게 '무위진인(無位眞人)이란 무엇입니까?' 하고 물었을 때 그는 묻는 사람의 멱살을 움켜잡고 '말해 봐, 말해 봐!' 하고 고함을 지르며 '무위진인이란 마른 똥막대기다' 라고 소리를 질렀다.

무위진인이란 생사의 속박을 벗어난 자유스런 사람을 뜻한다. 그는 구체적으로 설명을 해주기보다 고함을 쳐서 막혔던 귀를 열고 마음의 문을 열게 했다. 그리고 중생이 생사로부터 자유스러워지려면 부처를 죽이고 선사를 죽이라고 '살불살조(殺佛殺祖)'를 외쳤다. 참으로 놀라운 발언이고 부정정신이라고 하지 않을 수 없다.

어느 교인이 자신이 믿고 있는 교주를 죽이라고 서슴지 않고 말하겠는가. 임제는 자기가 믿는 종교만이 제일이라고 주장하는 것 역시 아집이라고 보았다. 부처님이 체득한 자유를 스스로 구현하기 위해서는 불을 부정하고 조사를 부정하지 않을 수 없었다.

여기서 우리가 주목해야 할 것은 황벽의 '방'과 임제의 '할'인데, 이것은 단순히 깨침을 위해 존재하는 도구가 아니라 상대방으로 하여금 진실을 깨닫도록 하고 바른 말을 하도록 하는 역할을 하고 있다는 점이다. 불의와 비리가 있는 자에게는 방으로 쳐서 바른 것을 깨우쳐 주고, 바른 말을 하지 않고 자기 영리와 보신만을 일삼는 자에게는 귀를 열고 입을 열게 하여 진실을 말하게 했다.

일제 당시 백범 김구(金九) 선생은 매를 맞으면서 다음과 같이 말한 일이 있다.

"당신들이 나를 때리고 있지만 나는 매를 맞을 때마다 속으로 만세를 부르지 않을 수 없다."

왜냐하면 자기 몸 속에는 만세 소리가 가득 차 있기 때문이라고 말했다.

그러나 진실을 말하는 데는 무엇보다 바른 안목이 있어야 하고 바른 생각이 있어야 한다. 그것을 불교에서는 정견(正見)·정념(正念)·정어(正語)라고 말한다. 무엇보다도 첫째 바로 보는 것이 중요하다. 바로 볼 때만이 올바른 사리를 판단하고 의(義)와 불의(不義)를 분별할 수 있다. 그런데 우리 주위에는 부처와 조사(祖師)를 부정하면서까지 바른 말을 할 사람은 없다손 치더라도 민족과 민중을 위해 바른 말을 서슴지 않고 말하는 사람이 없는 것 같다.

그때마다 경찰들이 차고 다니는 방망이를 떠올린다. 황벽과 같이 인간의 영혼을 깨우치고 자성(自性)을 깨우치는 데 그 방망이가 사용되었으면 하고 말이다. 이때 맞는 방망이는 분명히 즐거움이 될 것이다.

삼라만상의 교훈

겨울은 침묵을 익히게 하는 계절이다. 스스로 전지(剪枝)와 낙하를 거듭하여 벗을 건 다 벗어버린 헐렁한 나뭇가지 사이로 싸늘한 침묵만이 쌓여 있다. 침묵은 인간의 내면의 통로를 열어 근본을 사색케 한다. 낙엽귀근(落葉歸根)이라 했듯이 근본으로 돌아가게 하는 계절이 겨울이다. 그래서 겨울 산천은 모든 장식을 제거하고 본체의 아름다움만 드러낸다.

가을은 떠남의 마력을 지니고 있는 계절이다. 전지와 낙하를 통해 모든 것을 보낼 데로 보내고 나면 별리의 공허만 남는다. 중국 사람들은 사계(四季)를 오행으로 분석했다. 그 가운데 가을을 관제(官制)로 치면 형벌을 맡은 형관과 같다고 했다. 그리고 산천은 적막하고 숙살(肅殺)의 기운이 충만하다고 했다. 바로 이것이 우주의 섭리다.

이제 겨울의 침묵 속에 우리가 살아온 자취를 한 번쯤 되돌아볼 때다. 그동안 살아오면서 예측하지 못했던 일로 적잖은 상처를 입었다. 그리고 우리가 살아온 과정 속에는 항상 인과가 있기 마련이다. 자신이 행한 행위로 인해 훗날 고통 속에 속박당하기도 하고 구제를 받기도 한다. 바로 그것이 자업자득이다.

우리 곁에는 자신을 일깨우는 많은 스승이 있다. 사람만이 교훈을 주는 것은 아니다. 자세히 살피면 삼라만상이 우리에게 값진 교훈을 주고 있는 것을 아집 때문에 깨닫지 못하고 있을 뿐이다. 조락(凋落)을 통해 인생의 부침(浮沈)을 배워야 하고 영고성쇠를 깨달아야 한다.

역사의 인과 속에는 반드시 역사의 윤회가 있다. 앙상한 겨울나무는 인고를 거쳐 새로운 생명을 탄생시킨다. 계절에도 참는 기간이 있다. 참는 것은 욕망과 분노를 자제시키는 한편, 상대의 잘못을 용서하는 미덕도 된다. 서양사람들은 최대의 처세술을 참는 데 있다고 했고, 지혜의 절반을 참는 데 사용하라고 했다.

명리에 집착하는 사람일수록 참는 지혜를 활용해야 한다. 고려시대 나옹스님은 명리를 아침 이슬과 같다고 했고, 고통과 영화스러움 역시 저녁 연기와 다를 바 없다고 했다.

중국 순치(順治)황제는 18년 간 집권하던 왕좌를 버리고 출가하여 절집에서 반나절 수행한 것이 18년 간 절대권력을 누린 것보다 낫다고 했다.

책임지는 사람이 없다

우리 속담에 남의 눈이 무섭다는 말이 있다. 반면 남의 눈치 볼 것 없이 제 할 일이나 하면 되지 하고 상대방의 눈치나 의견을 개의치 않는 사람들이 있다. 따지고 보면 전자는 국민을 의식하는 사람이요, 후자는 국민의 의사를 무시하고 자기 생각대로 살아가는 사람을 뜻한다고 할 수 있다.

일찍이 제선왕(齊宣王)은 자기 고집에 도취되어 있는 군주는 두 눈으로밖에 나라를 보지 못하지만 국민은 만목(萬目)으로 군주를 보고 있다고 했다. 국민을 하늘같이 섬기고 의사를 존중하는 밝은 통치자가 되기 위해서는 두 눈, 두 귀로만 세상을 보고 들어서는 안 된다. 수많은 국민이 보고 듣고 있다는 사실을 잊어서는 안 된다. 그래서 정치를 하는 사람일수록 국민이 지닌 만목을 의식해야 한다. 만목을 의식하는 것이 여론 정치의 순서다. 그래야 국민을 섬기는 지도자는 사욕과 사심에서 벗어날 수 있다.

그리고 높은 자리에 있는 사람일수록 극기의 노력이 있어야 한다. 자기 생각보다 국민의 비판과 의사를 존중하면 국민은 위정자에게 불만을 갖고 있다가도 곧 협조자로 변신하게 된다. 바로 이것이 민심을 읽는 정치다.

옛날 군자는 자기를 책하는 데 엄중하고 치밀했다고 한다. 자기를 자책할 줄 아는 사람은 항상 신뢰가 따르기 마련이다.

현재 우리 공직사회는 기강과 책임도 찾아볼 수 없을만큼 해이해진 것 같다. 누구 한 사람 국민을 향해 책임지겠다고 나서는 사람이 없다. 국민이 만목의 눈으로 보고 있는 것을 잊은 것 같다. 각종 사고가 일어나도 책임지겠다고 나서는 사람이 없다.

자로(子路)는 잘못을 고하면 기뻐하고 자성하는 일은 매사에 약석(藥石)이 된다고 했다.

의상스님의 청빈

의상스님의 행장(行狀)을 보면 지나칠 만큼 소유에는 관심이 없었다. 스스로 욕망으로부터 자유롭고자 하는 치열한 구도정신이 있었음을 파악할 수 있다. 그는 한평생 한 벌의 옷, 한 벌의 발우(鉢盂)밖에 가지지 않았다.

문무왕이 전장(田壯)과 사노(寺奴)를 하사했으나, 의상스님은 받지 않았다. 그리고 문무왕을 이렇게 꾸짖었다.

"불법은 평등하여 높고 낮음이 없고 귀천이 없이 똑같은데 어찌 사노가 필요하며 또 재물이 필요 없는데 전장은 무엇에 쓰리요. 소승은 법계(法界)를 집으로 하고 발우로써 농사지으며 살아갈 뿐입니다."

또한 의상스님은 그 당시 백성들의 참상을 보고 임금의 다스림이 밝으면 풀 언덕에 금을 긋고 성으로 삼아도 사람이 감히 그곳을 넘나들지 않고 태평을 누리지만, 임금의 다스림이 어두우면 철성을 쌓더라도 재앙이 끊이지 않는다며 문무왕의 통치철학을 비판했다. 백성을 사랑할 때 위정자의 지위가 강해짐을 깨우쳐 준 것이었다.

의상은 이처럼 재물과 사노를 거부하면서 욕망으로부터 자유스러워졌을 뿐 아니라 권력과 피지배자를 함께 지양함으로써 걸림없는 공간을 만들 수 있었다.

우리 사회에 지금 필요한 것은 우정과 평화 그리고 사랑과 구원이다. 사랑과 구원은 어느 가치보다 우위에 있다. 그에 비하면 금력이나 권력은 포괄성이 작은 가치다. 특히 사문(沙門)이 금력에 사로잡히면 속인보다 못한 사람으로 전락하고 만다. 원효는 재물에 탐착한 사문을 마군(魔軍)이라고 질타했다. 자비와 구원을 실천할 사람은 사문이다. 보시는 중생을 요익(饒益)케 하는 가치다.

하안거(夏安居)에 즈음하여

하안거(夏安居)에 들어가 자성(自性)을 직관하고 증득(證得)하려는 수행자는 밖에서 구하는 것을 엄격히 경계해야 한다. 마음을 그대로 부처로 파악해야 하기 때문이다. 그렇다고 지식의 노예가 되는 것을 허용한 것도 아니다. 사리분별할수록 자성의 본질에서 멀어짐을 깨우쳐야 한다.

임제선사는 진실한 구도자는 부처마저 취하지 말아야 한다고 했다. 그는 절대적 자유를 누리고 있는 수행자라면 부처도 보살도 나아가 삼계(三界)의 어떠한 영화도 취하지 말아야 한다고 주장한다. 한 군데 집착하면 본래 면목을 잃기 쉽다는 것이다. 부처와 조사를 부정함으로써 모든 얽매임에서 자유스러워질 수 있음을 자각케 한 것이다.

마음을 부처라고 천명한 마조선사(馬祖禪師)는 대주(大珠)가 처음 찾았을 때 무엇하러 여기까지 왔느냐고 물었다.

그러자 대주는 불법을 구하러 왔다고 대답해서 마조를 실망시키고 말았다. 마조는 대주가 깨달을 수 있도록 자세하게 가르쳐 주었다.

"나는 그대에게 아무것도 줄 것이 없다. 왜 그대는 자기 집 보배를 돌보지 않고 멀리 떠나 방황하고 있는가."

이 말을 듣고 대주는 추리와 사량분별(思量分別)을 버리고 직관에 의하여 자성(自性)을 돈오(頓悟)할 수 있었다.

그리고 어느날 분주(汾州)가 방문했을 때 마조는 그의 거대한 체격에 압도당할 것 같았다. 그러나 분주의 육중한 체구는 마조의 다음과 같은 일갈에 고목이 쓰러지듯 허망하게 무너져 버렸다.

"웅장한 법당을 갖고 있지만 그 안에 부처가 안 계시는군."

마음이 곧 부처임을 자각케 한 대목이다.

원효는 이 마음에 두 가지 문이 있다고 했다. 하나는 불변의 문이고, 또 하나는 수연(隨緣)의 문이다. 수많은 인연을 좇을 때 생사가 재촉된다고 했고 인연따라 번뇌의 부피가 커진다고 했다. 달마대사는 마음이 옹졸하면 바늘 하나 세울 곳이 없다 했고 서산(西山)은 집착과 분심을 일으키면 백만 가지 장애가 일어난다고 했다.

타협은 자타(自他)를 합일하는 양보와 헌신하는 지혜가 있을 때 이루어진다. 대립하는 마음에는 항상 분노가 개입되어 있다. 대립을 풀어가는 지혜가 화쟁(和諍)이다. 화쟁만이 원융의 결과를 낳게 한다.

조사(祖師)와 자유의 정신

　고승(高僧)들의 행장(行狀)에 대한 이야기가 나오면 무공자(無孔子)는 자신도 모르게 열을 올린다. 그만큼 고승들에 대한 관심을 평소에 갖고 있었기 때문이다. 무공자는 신라로부터 근대에 이르기까지 역사 속에 나타난 이름난 고승들의 행적을 나름으로 추척하고 조명해 보았기 때문에 다른 사람보다 남다른 관심을 갖고 있었다.

　그 중에서 더욱 관심을 갖게 한 인물은 신라의 원효(元曉)와 근대의 경허와 만공선사다. 특히 경허와 만공선사는 우연하게도 전주가 고향이다. 그리고 수행무대 역시 덕숭산(德崇山)을 중심으로 해서 이루어지고 있으며 무애(無碍) 공간을 갖고 있는 것이 돋보인다. 여기서 지적한 세 사람은 수행 과정이 조금씩 다르다.

　원효(元曉)는 경전을 중심해서 개오(開悟)를 성취하고 있다. 그리고 자신이 성취한 오도적(悟道的) 삶을 버림받는 중생의 가슴에 회향하고 있다. 스스로 인간 번뇌를 시인하면서 그것을 초극하려는 몸부림을 적나라하게 보이고 있는 것이 감동적이다. 이와 달리 경허와 만공은 교(敎)보다 선(禪)을 중시했고, 개안(開眼)을 얻고 난 다음 서민 쪽으로 발길을 옮기지 않고 산간 적막 속에서 찾아오는 납자(衲子)들에게 여래심인(如來心印)을 인각하고 있다. 그러나 우연하게도 세 사람은 금기로 되어 있는 계율을 깨뜨려 버리고 있다. 계율을 파계함으로 인해 세 사람은 똑같이 무애의 삶을 체득하고 있다. 그래서 이들의 파계는 단순한 파계가 아니다. 자기 존재의 근원을 인식하기 위해 스스로 자기 육체를 해체해 버리는 고통이기도 하다.

이것은 불교에서 말하는 해탈을 관념적으로 인식하지 않고 몸소 체험하는 것과 같다. 다시 이야기하면 부처를 부처로 인식하는 데 그치지 않고 불성(佛性)의 공간으로 뛰어들고 있다. 그러나 오늘날 이 시대에는 원효와 같은 인물도 볼 수 없고, 경허·만공 선사와 같은 독특한 수행가풍도 볼 수 없다.

우리가 바라는 고승이 없는 시대에 살고 있는 것이 참으로 마음 아프다. 왜 이렇게 욕망의 살점만이 비대한 사람들만 득실거리는 걸까.

효봉스님의 절망

　조주선사(趙州禪師)가 개발한 '구자무불성(狗子無佛性)' 화두는 다른 화두와 달리 우리에게 너무 잘 알려져 있다.

　어느날 조주선사는 시자(侍者) 한 사람을 데리고 길을 걷고 있었다. 마침 그때 개 한 마리가 조주스님 앞을 지나갔다. 시자는 스승 조주스님에게 다음과 같이 물었다.

　"개에게도 불성이 있습니까?"

　조주는 태연히 없다고 말했다. 일체 유정무정(有情無情)에 불성(佛性)이 있다고 밝힌 부처님 말씀이 조주의 한 마디에 부정되어 버렸다. 여기서 조주의 무자화두(無字話頭)가 시작된다. 사실 조주의 무자는 생사의 관문이다. 그리고 깨침의 도구가 되었다. 특히 효봉스님은 이 무자화두를 일생 동안 참구(參究)했다. 들리는 이야기로는 임종 직전까지 무자화두를 들었다고 한다. 참으로 놀라운 정신력이다.

　그뿐 아니다. 그는 우리나라 법조계 초대 판사로서 명성도 날렸지만, 오판(誤判) 때문에 입산(入山)했다는 일로 화제를 뿌리기도 했다. 정확한 판단이란 한 사람을 살리기도 하고 또 죽이기도 한다. 깨침에 있어서도 마찬가지다. 한 생각을 잘 일으키면 출신

활로(出身活路)를 얻기도 하고, 한 생각 잘못 쓰면 생사에서 영원
히 벗어날 수도 없다. 효봉스님은 한 생각 잘못으로 인해 무고한
사람을 죽인 것이다.

또 스님은 금강산 신계사(神溪寺)에서 무자화두를 들고 무념무
상(無念無想) 상태로 앉아 엉덩이살이 썩는 줄을 몰랐다고 한다.
백척간두(百尺竿頭)에 이르러 죄지은 자신을 버린 것이다. 그리
고 인간이 인간을 단죄한다는 것이 얼마나 무모한가를 깊이 깨달
았다. 무자화두가 효봉의 가슴을 찢고 마음의 문을 열어 버렸다.
그리고 참다운 인간의 모습을 스스로 보게 했다. 이때부터 선사
는 눈앞에 보이는 일초일목(一草一木)까지 사랑하는 자비를 가질
수 있었다. 분별과 증오를 통해 사물을 보지 않는 것이다.

종교인이 증오심을 갖는다는 것은 불조(佛祖)의 본분을 거역하
는 일이요, 인과를 만드는 일이다. 스스로 만든 인과로 인해 고통
을 받는 것보다 우리들 스스로 마음속에 있는 욕망을 덜어야겠다.

내부의 적(敵)

‘사자신중충(獅子身中蟲)’이란 말이 있다. 이는 사자 몸 속에 들어있는 벌레를 의미한 말이다.

사자란 뭇 동물 중에서 우두머리에 속하는 영특한 동물이다. 그래서 뭇 동물들은 사자 울음소리만 들어도 멀리 도망을 간다고 한다. 그만큼 사자는 무서운 위력을 지니고 있어 동물의 제왕으로서 손색이 없다. 그런데 사자가 죽었는데도 다른 동물들이 그 육체를 탐하지 않는다고 한다. 왜냐하면 사자의 모습만 보고도 놀라기 때문이다. 그러나 사자의 몸은 몸 속에서 형성된 벌레로 인해 끝내 부패되고 만다.

어느 단체를 막론하고 그 단체의 혼란이나 멸망은 내부의 부패에서 비롯되었음을 우리는 역사적 교훈을 통해 깨닫고 있다. 그래서 부처님은 한마음이 청정하면 국토가 청정하다고 했으며, 《화엄경》에서는 한마음 한마음이 부처님 마음 아님이 없다고 했다. 또한 내부의 맑음이 있을 때만이 청정한 빛이 밖으로 발산된다고 한 것이다. 그러나 안으로 부패했을 때는 밖에서 들려오는 소리를 못 들을 뿐만 아니라 스스로 멸망을 재촉한다는 것을 잊지 말아야 할 것이다.

따지고 보면 로마의 멸망도 외부 침입 때문이 아니고 내부의 부패 때문이란 것은 널리 알려진 사실이다. 그리고 권력을 잡은 사람일수록 아집과 독선에 빠지지 말고 민의를 살피는 관음(觀音)의 지혜를 발해야 한다. 불타(佛陀)의 귀가 유달리 컸던 것은 주장하는 사람이 아니라 듣는 여유를 갖고 있기 때문이다.

사실 부처님이 지닌 기능을 보면 참으로 위대함을 재삼 발견할 수 있다. 중생을 위해 백억화신(百億化身)을 갖추고 있는가 하면 관음(觀音)과 보현(普賢)의 행원(行願)을 거느리고 있다. 신해수증(信解修證)이 여법(如法)하고 그것을 실천하는 행원이 광대하다. 그런데 오늘날 구도자에게는 불보살이 보인 행원이 없다. 그만큼 소승적 자리(自利)에 탐착하여 이웃을 발견치 못하고 있다.

고통받는 이웃을 발견하는 지혜가 개안(開眼)이다. 그리고 개안이 있을 때만이 구제가 가능하다. 수행자는 남의 허물만 보고 탓할 것이 아니라 스스로 자기 잘못을 뉘우치는 참회정신을 발해야 할 것 같다.

지계(持戒)와 파계(破戒)의 고통

불전(佛典) 속에는 가끔 여인들이 등장한다. 또 등장하는 사람들의 삶의 형태도 각양각색이고 그중에는 역사적으로 존재하는 사람도 있고 상징적인 인물도 있다. 다만 한 가지 주목이 가는 것은 일반적인 세인(世人)과 달리 깨달음의 경지를 지니고 있는 것이 특색이며, 고뇌하는 중생과는 달리 애욕을 가지고 있지 않다는 것이다.

아마 이들이 세속적 애정을 지니고 있었다면 경전 속에 등장시키지 않았을 것이다. 여기서 한 가지 흥미스러운 것은 여자의 애욕과 애정을 금하고 있는 불교가 여자를 등장시키고 있는 점이다.

또 부처님을 비롯하여 많은 조사(祖師)들은 재물과 여자의 본능에 탐닉하면 그 화(禍)는 독사의 독보다 심하다고 강조하고 있다. 이것은 어디까지나 재물과 여자가 지니고 있는 독성을 금하라고 한 것이지, 여자 자체를 금계(禁戒)의 대상으로 삼은 것은 아닌 것 같다. 그래서 나는 항상 수행인과 여자 사이에는 건널 수 없는 강이 흐르고 있다고 막연히 생각하고 있다. 왜냐하면 여자를 사랑하는 것이 파계가 되기 때문이다.

부처님은 《사분율(四分律)》을 통해 사문(沙門)은 여자를 갖지 말라. 차라리 독사의 입에 남자의 성기(性器)를 집어넣을지언정 음행을 해서는 안 된다고 말씀하셨고, 또 술 한 잔 마신 죄로 똥 물지옥에 떨어진다고 무서운 인과(因果)를 강조했다. 그러나 계 율의 의미를 구체적으로 따져 보면 인간 정신의 약점을 보완시켜 주는 도구에 불과하다. 그리고 세속적 욕망을 억제시키는 수단으 로 원시불교(原始佛敎) 계율을 제정했다고 취지를 밝히고 있다.

사실 인간은 미완의 존재다. 수행인도 마찬가지로 견성실험(見 性實驗)을 통해 개오(開悟)를 성취하기 전까지는 욕망의 함정에 허덕이고 고뇌하는 중생에 불과하다. 특히 수행인은 야누스처럼 구도 중에 일어나는 번뇌와 인간의 마음속에서 일어나는 원초적 본능의 두 가지 얼굴을 갖고 있다. 위로는 무한한 절대를 추구하 면서 아래로는 세상의 번뇌와 몸을 섞고 있는 두 개의 얼굴을 갖 고 있는 이면불(二面佛)이다. 그러므로 경전에서 강조하고 있는 율장(律藏) 정신대로 살려면 참으로 어렵다.

비구가 지켜야 할 계율은 250가지나 되고, 비구니는 무려 348 가지나 된다. 이대로 계율을 지키는 수행인이 우리 주위에 얼마 나 되는지 모르지만, 계율은 분명히 승가(僧伽)의 모두가 지키고 실천해야 할 윤리적 덕목이다. 사실 수행인에게 계율이 없다면 속인과 다를 바 없다.

그러나 금지와 금욕을 거듭하는 것만이 계율의 근본정신은 아 니다. 여기에는 열고 막을 줄 아는 개차(開遮)의 방편이 있어야 한다. 그래서 보살은 일체 중생의 고통을 위해 동체대비(同體大 悲)를 실천한다고 했다. 그리고 생사를 초월하기 위해서는 실질적으로 생사의 절망을 체험해야 한다.

자기를 자기 손으로 낱낱이 해체한 다음, 다시 자기를 재구성할 때 깨침은 이룩된다. 이러한 견성(見性) 실험을 하기 위해서는 보다 많은 파계의 고통을 가져야 한다.

한때 화젯거리가 된 정다운스님이나 탄허(吞虛)스님의 딸 고백수기가 교계(教界)에 충격을 준 것은 우리들 자신이 철저한 수계의식(守戒意識)을 갖고 있었다는 증거이기도 하지만, 이를 이해하는 대승적(大乘的) 안목이 있었으면 하는 아쉬움도 있다.

또한 성직(聖職)에 몸담고 있는 사람들의 이야기를 세상 밖으로 끄집어내려는 속성이 건전한 윤리 질서를 흔들어 놓고 있다는 것을 지적하지 않을 수 없다.

어느 성직자가 말한 것처럼 적당한 위선 속에 진실이 이루어진다는 말이 그때처럼 실감났을 때도 없었다. 그러나 불교는 대승적 이해와 용서의 미학(美學)을 갖고 있는 종교다.

그래서 부처님은 '유정무정(有情無情)이 모두 부처가 될 수 있는 불성을 갖고 있다'고 설했다.

스스로 몸으로 참회하고 마음으로 참회하는 사참(事懺)과 이참(理懺) 정신 속에 해탈의 삶은 이룩된다.

몇 해 전의 일이다. 절친한 도반이 음주사건으로 절에서 추방되는 것을 보고 지계(持戒)와 파계(破戒)의 고통이 무엇인가를 절감한 일이 있다. 그러나 원래 자성(自性) 자체에 청정함이 있고, 또 한편으로 선행으로 인해 맑아짐이 이루어지는 이구청정(離垢清淨)도 있다는 것을 깨달았으면 한다.

봄의 진통

우수(雨水)와 경칩이 지나고부터 바람이 한결 부드러워졌다. 칼날 선 바람들도 무게를 잃은 것이다. 뜰 앞에 쌓였던 눈들도 스스로 부피를 축내듯이 녹아 없어지고 있다. 땅 속에서 봄기운이 작동하고 있는 것이다.

얼어붙었던 땅이 갈라지고 한겨울 추위를 이겨낸 풀잎들도 제법 푸른 빛을 더하고 있다. 특히 냉이국을 먹다 혹한을 견디어낸 모진 생명이 질기고 독한 것이라는 것을 새삼 떠올리며 더욱 향기가 있음을 깨닫는다. 이제 한겨울 닫혔던 창문도 열고 긴장도 풀어야 하겠다.

얼마 있지 않으면 남쪽에서 화신(花信)이 전해올 것이다. 그러나 봄은 권태의 계절이다. 봄 안개와 아지랑이는 마음을 혼란케 하고 알 수 없는 권태의 늪으로 빠지게 한다.

긴장이 풀린 탓인지 몸에 열이 나기 시작하고 관절마다 나사가 어긋난 것같이 흉칙한 골격들이 흔들리고 뼈마디에는 날카로운 비수가 닿은 것처럼 못 견디게 쑤시기 시작한다. 이와 같은 병은 누구나 봄이면 앓는다. 그만큼 육신도 낡아진 것이다. 서서히 늙어가고 있음을 계절이 바뀔 때마다 느낀다.

모든 인간사가 시간이 흐름에 따라 소멸되고 다시 생성(生成)되는 것은 사람의 힘으로 어찌할 수 없는 노릇이다.

겨울과 봄이 바뀌는 길목에도 눈여겨보면 무서운 진통이 있다. 따뜻한 햇볕에 녹았던 얼음들이 다시 밤이 되면 꽁꽁 얼어붙었다가 낮이 되면 다시 풀린다. 이렇게 몇 번인가를 거듭해야 한다. 몸에 열이 오르고 내리듯이. 그래서 봄을 해동(解凍)이라고 옛사람들이 말했던 모양이다.

아직 바깥 바람은 쌀쌀하다. 그리고 깊은 산골에는 장독(杖毒) 같은 눈들이 쌓여 녹질 않고 있다. 몸 속에서 신열(身熱)이 가시지 않듯 말이다.

자연도 봄을 잉태하기 위해 이렇게 수많은 진통을 거듭한다. 모든 만물(萬物)도 인간의 마음처럼 손쉽게 되는 일이 한 가지도 없는 모양이다. 모두가 질서 속에서 주어진 삶을 경영한다. 그런데 이 질서를 어겼을 때 탈이 생긴다.

인간도 마찬가지다. 사람이 지켜야 할 윤리적 질서를 버릴 때 고통이 생긴다. 이러한 진리를 알면서도 사람들은 엉뚱한 짓을 한다. 웬일일까.

사문의 효행

어느 종교나 그렇지만 불교는 효행(孝行)을 큰 덕목으로 삼아 실천하도록 강조하고 있다. 《불설효경(佛說孝經)》,《부모은중경(父母恩重經)》은 모두 이러한 점을 직·간접적으로 제시한 경전이다.

부처님은 출가 성도 후 부친이 돌아가셨을 때 장례를 통해 그것을 보였고, 또 중국의 육리대사(六理大師)도 노모를 위해 출가를 늦추었던 것은 그러한 예의 하나라 할 수 있다.

오늘의 가정은 점차 핵가족화됨으로써 개인주의의 극치를 달리고 있다. 이러한 추세가 팽배하자 사회학자들은 이 점을 크게 우려하고 있다.

이러한 핵가족화 현상이 부모에 대한 존경과 그리움을 약화시키는 것은 물론, 나아가서 우리의 전통·예의마저 허물어뜨리고 있다.

최근 통계에 의하면 양로원에 수용되는 노인들이 해마다 급증한다고 한다. 이것은 무의탁 등 어쩔 수 없는 상황도 있지만 적지 않은 노인이 자식의 천대로 수용되기 때문이라고 한다. 실로 가슴아픈 '현대사회의 병리'를 보는 것 같다.

음력 7월 15일은 '우란분절(盂蘭盆節)'이다. 이 우란분절은 모든 악을 짓고 벌을 받는 중생의 슬픈 날이면서 또한 어머니에 대한 깊은 효심이 마침내 빛을 보는 그런 날이다. 부처님 제자 목련존자가 지옥에 빠진 어머니를 효심으로 구해낸 날이기 때문이다. 목련존자의 이 효행은 불타의 행적이 많이 합세한 설화이지만, 적지 않은 감동을 우리에게 보여주고 있다.

출가 사문이 잊기 쉬운 것이 출가 후의 부모에 대한 효심(孝心)이다. 출가 사문은 출가로서 세연(世緣)을 단절하지만, 그러나 영혼 구제까지 끊은 것은 아니다. 영혼 구제는 바로 물리적 연(緣)을 뛰어넘을 수 있는 효행이기 때문이다.

우리 사문 중에는 이런 영혼 구제의 효행보다는 아직도 세정(世情)으로 부모와 연계된 생활을 하는 분이 많은 것 같다. '우란분절'을 맞아 사문의 효행을 생각해 본다.

사문과 명리

명리(名利)에 집착하지 않은 사람 중에 진묵(眞默)과 승조(僧肇) 선사가 떠오른다. 특히 승조는 벼슬을 거부하고 왕명(王命)을 따르지 않는다고 목숨을 잃은 선사다. 그리고 진묵선사는 우리에게 미완(未完)의 전설로 남아있는 인물이다. 그래서 그가 차지한 역사적 행각(行脚)은 그렇게 광활하지 않다. 오히려 진묵선사는 서민대중에게 전설로 남아있는 인물이며, 그가 남긴 일화는 걸림 없는 자유로 충만해 있다.

또하나 인상적인 것이 있다면 출가 후 어머니를 위해 제문(祭文)을 지어 제사에 올렸다는 사실이다. 그런데 이러한 진묵이 임종에 이르러 제자들이 스님의 법맥(法脈)을 누구에게 두어야 하는가 하고 물었을 때 진묵은 부처님 제자로서 만족스럽다고 했다.

그렇다. 우리 모두가 여래(如來)의 제자이며, 가족이다. 다시 제자들은 '스님만은 그렇다 하더라도 우리는 어떻게 해야 합니까?' 하고 애원을 하자, 그는 서산(西山)이 명리승(名利僧)이지만 서산에게 법맥을 두도록 당부했다. 참으로 놀라운 말이다. 왜냐 하면 서산을 명리승이라고 지칭하고 있기 때문이다. 서산만큼 조선불교사에서 돋보인 선사도 없거니와 그가 남긴 오도적(悟道的)

인 삶은 조사(祖師)의 위상(位相)을 넘어 있기 때문이다. 그러나 서산의 이력을 보면 승과에 급제하여 교종판사와 선종판사(禪宗判事)를 지냈는가 하면, 임진왜란 당시에는 팔도도총섭(八道都總攝)의 승려로서 최고 지위에 오른 경력을 갖고 있다. 이로 인해 서산은 진묵에게 명리승이란 지칭을 받게 되었다.

그리고 고려의 나옹화상은 사문(沙門)이 명리를 구하는 것은 아침 이슬과 사라지는 연기와 같다고 그 허망함을 일깨워 주었다.

또 교조(敎祖)이신 부처님은 출가 전 왕자의 신분으로 왕위 승계권을 갖고 있었지만, 스스로 그 자리를 포기하고 고행을 선택했던 것이다.

한 나라의 위정자가 되는 일보다 일체중생의 사표(師表)가 되는 일이 인간 싯달타에게는 더 소망스런 일이었다.

싯달타는 그 소망을 고행을 통해 성취했고, 한 나라의 위정자보다 더 훌륭한 인천(人天)의 사표가 되었고, 사생(四生)의 자애스런 어버이가 되었다.

참다운 행복

사람이 많은 돈을 갖고 있다 해서 행복한 것은 아닌 것 같다. 오히려 많은 가짐으로 해서 그것을 관리하고 지키려는 생각 때문에 고통을 당하기도 하고 또 더 소유하려는 욕망으로 인해 패가망신하는 경우도 있다. 그러나 인간의 마음이 깨끗하고 지혜스러우면 그것은 인간의 고통이 되질 않는다.

언젠가 상주(尚州)에 갔을 때 인간 비애의 한 단면을 들을 수 있었다. 상주에서 유지고 재벌인 모 인사는 그곳에서 치과병원을 경영하여 상당한 재산을 모아 재벌가라는 소리를 듣고 있었고, 또 한때는 통일주체국민회의 대의원까지 지낸 신분을 갖고 있었다.

그는 가끔 친구들과 어울려 술을 마시기도 하고 지역사회 발전을 위해 거금을 내놓기도 하여 화제를 모으기도 했다고 한다. 그러나 그는 불행하게도 불구였다. 어릴 때 소아마비를 앓아 신체적 자유를 누리지 못하고 있었다. 이것이 그에게 있어 슬픔이었고, 고통이었다. 돈을 가지고도 자신의 슬픔과 고통을 극복할 수 없었다. 어느날 그는 친구들과 술을 마시고 밤늦게 귀가했다. 친구들이 그를 부축했다. 왜냐하면 정상적인 신체를 갖지 못했기 때문에 집에까지 업고 가지 않을 수 없었던 것이다.

집에 도착한 그는 그의 아내를 찾았다. 아내는 없었다. 다만 간호원들만이 하루 수입을 계산하고 있었다. 그는 돈뭉치를 들고 땅바닥에 던져버렸다.

"돈이 있으면 뭣해, 이것을 가지고도 나는 행복할 수 없어."

그는 울부짖으며 땅바닥을 쳤다.

친구들 마음에도 슬픔이 번졌다. 그는 땅바닥을 치다가 돈을 집어서 말했다.

"이것을 자네에게 주겠네."

친구는 그의 손을 잡고 한참동안 눈시울을 적셨다. 이렇게 인간의 슬픔은 도처에 있다.

참으로 아무것도 소유하지 않은 그 마음이 행복이다.

팔정도(八正道)의 세계

예수는 제자의 배반으로 십자가에 못박혀 죽어야 했다. 그리고 부처님도 그 사촌인 데바닷다(提婆達多)의 음해를 겪은 일이 있었다. 이렇게 보면 성인들에게도 적이 있었음을 알 수 있다.

많은 사람들을 제도하면서 이들 성인은 공교롭게 가장 가까이 있는 제자 한 사람을 제도 못한 불명예를 남긴 셈이다. 그리고 소크라테스는 죽기 전 제자들에게 닭 한 마리 값을 갚아 달라고 부탁했다. 그러니까 소크라테스도 비록 제자에게 자기 부채(負債)를 부탁했지만, 인과적(因果的)으로 볼 때 닭 한 마리 값은 영원히 갚지 못한 결과가 되었다.

그래서 부처님은 자작자수(自作自受)의 인과설(因果說)을 강력히 주장했고, 일체중생을 다 제도할 수 없다고 솔직히 고백했다. 그렇다. 중생을 다 제도할 수 없을 뿐 아니라 인과의 굴레는 벗어날 수 없다. 그래서 세 사람의 성인은 가장 가까이 있는 제자들에게 배반을 당하고 고통을 당해야만 했다.

이런 예로 본다면 적은 멀리 있는 것이 아니라 가까이 있다는 속담이 진리에 속하는 것 같다. 뿐만 아니라 진리는 멀리 있는 것이 아니라 가까이 있음도 알아야 한다. 다만 사람이 멀리서 구하는 자체가 허물일 뿐이다. 그래서 무엇보다 중요한 것은 자기 주위를 깨끗이하는 일이다. 자기가 살고 있는 생활의 뜨락이 맑을 때 상대방에게 신뢰를 주고 공신력을 얻을 수 있다.

원효스님도 반문한 것이 있다.

"자기 자신이 해탈치 못하고 어떻게 타인을 제도할 수 있겠는가!"

이렇게 자기를 알고 분수를 지키는 일은 중요하다. 더욱이 수행하는 사문(沙門)은 말할 것도 없다. 자기 행동에 책임을 지고 생활의 전체가 팔정도(八正道)가 되어야 한다. 왜냐하면 팔정도 자체가 인간이 걸어가야 할 길이기 때문이다. 그러나 우리는 너무나 지나치게 팔정도의 세계에서 떨어져 나쁜 인과를 만드는 일에만 열중하고 있다.

공인정신(公人精神)

중국 장산(長山)이라는 마을에 점을 잘 치는 사람이 있었다. 이 사람의 점은 오늘날 점쟁이들과 달라 정확도는 컴퓨터 기억력과 비교할 만했다. 그는 점을 칠 때마다 자신이 섬기는 신(神)을 불러내어 계시를 받았다. 그가 섬기는 신의 이름은 하선고(何仙姑)였다. 이 하선고 덕분에 점쟁이는 천하 제일의 점쟁이로 이름을 날렸고 이로 인해 그를 찾는 사람의 숫자를 헤아리기 어려웠다. 모두가 하선고라는 신 덕분이었다.

이때 같은 동네에 살고 있던 수학자(修學者) 한 사람이 그 점쟁이를 찾았다. 평소에 수학자는 남다른 재주와 문장력을 지니고 있어 필히 과거(科擧)에 급제하리라고 동네 사람들은 믿고 있었다. 그러나 기대와는 달리 과거를 볼 때마다 낙방하고 말았다.

몇 해 동안 계속 과거를 보았지만 결과는 항상 마찬가지였다. 이것을 지켜보고 있던 친구가 점쟁이를 찾아 물어보았다. 점쟁이는 하선고의 지혜를 빌어 다음과 같이 이야기해 주었다.

"훌륭한 문장과 지혜는 참으로 놀랍습니다. 그러나 과거에 급제하기는 어렵습니다. 왜냐하면 시험관이라는 작자는 자기 개인 일에 바빠 채점을 부하에게 맡기고 있습니다. 그러니 과거에 급제할 리가 있겠습니까? 시험관이 스스로 채점을 하기 전에는 뜻을 이루기 힘들 것입니다."

점쟁이 말처럼 사후 전말을 알아본 결과, 부하가 채점하고 있는 것이 사실이었다.

이렇게 자기 책무를 저버린 결과는 엄청나다. 결국 허물없는 백성만 피해를 입는 것이다. 우리 주위에는 이런 일들이 비일비재하다.

비록 윗사람이 시킨 일이라 할지라도 그것이 사리(事理)에 어긋나지 않는지 잘 판단하여 행동해야 한다. 자기 책무를 다하는 일은 자기에게도 소중하지만 그것이 곧 타인의 권익을 보장해 주는 일이다.

사람을 잘 쓰지 못해 패가망신(敗家亡身)은 물론이고 나라까지 잃은 사람을 우리는 보아왔다. 그래서 지도자는 항상 주위를 살피고 자기 주변에 신경을 써야 한다.

자기 주변이 맑고 깨끗할 때 모든 사람은 그 지도자를 따르게 된다.

버리는 자유

집착이란 욕망을 만드는 원인이다. 부처님은 사성제(四聖諦)를 설하면서 모든 괴로움은 모든 집착에서 생긴다고 집제(集諦)의 원리를 설했다. 그러나 집착한 것을 버리기란 매우 어려운 것이어서 사람에게 집착이란 없을 수 없다.

적당한 집착이 있을 때만이 삶의 안락(安樂)은 유지된다. 따지고 보면 선(禪)이란 것도 마음의 순수한 집중을 통해 자성(自性)의 본질에 도달하게 된다. 이렇게 모든 면에 있어 적당한 집착은 좋은 결실을 동반케 한다.

그러나 집착이 욕망과 몸을 섞게 되면 자기를 부패케 하는 요인이 된다. 그래서 부처님은 세상에 사일집일(捨一執一)의 원리가 있기 마련이라고 했다. 하나를 버리면 또 하나에 집착케 된다는 뜻이다.

도(道)를 성취하는 데 있어서는 무엇보다 마음을 허공같이 비울 때만이 가능하다고 수많은 조사들은 설파했다. 그러나 자기 자신을 모든 욕망에서부터 떨어지게 뇌둘 수는 없다. 우리의 일상적 삶이 모든 이해관계로 얽혀 있기 때문에 자칫 잘못하면 욕망의 함정에 빠져들고 만다. 부처님은 그래서 중생이 걸어갈 길을 말씀하셨다. 그것이 팔정도(八正道)다. 정어(正語) · 정사유(正思惟) · 정업(正業) 등이 수행인이 취할 생활의 자세다. 바른 생각, 바른 행동, 바른 말을 해야 하는 것이 이 시대 사문의 본분이다. 이 본분의 수칙을 지킬 때 무소유 정신은 성취된다.

진실을 말하고 실천하는 사람

"세상의 평판이 좋다고 해서 반드시 그 사람이 현자(賢者)는 아니다. 또한 세상의 평판이 좋지 않다고 해서 그 사람이 반드시 현자가 아니라고 할 수도 없다. 진짜이면서 비난받을 수 있고, 가짜이면서도 칭찬을 들을 수 있으므로 잘 살피어 착오가 없도록 해야 한다. 현자를 등용치 않은 것은 나라의 손실이고, 어리석은 자를 채용하는 것은 국민의 손실이다."

도원(道元)이 《정법안장(正法眼藏)》이란 책에서 밝힌 현자론(賢者論)이다. 그는 어진 자를 등용시키지 않으면 나라의 손실이라고 주장하고 있다. 그렇다. 나라를 다스리고 국민을 보살피는 데는 경륜을 가진 어진 자가 있어야 한다. 그래야 그 나라는 평화를 누릴 수 있다.

요순(堯舜) 시대에 태평성대를 누릴 수 있었던 것은 바로 현자들이 많았기 때문이며 신라 불교가 황금기를 맞이할 수 있었던 것 역시 뛰어난 선지식(善知識)들이 많았기 때문이었다. 특히 사문(沙門)은 속인(俗人)과 달리 진실을 말하는 사람이고 진리를 실천하는 사람이다.

정의와 타협하지 않고 잘못된 사고방식을 가진 사람이 있으면 깨우쳐 주어야 한다. 그리고 자기 영리만을 위해 눈치나 살피고 고개를 기웃거리는 사람이 있을 때 정도(正道)를 가르쳐 주는 사람이 바로 사문이다.

만약 사문이 자기 보신과 영리만을 위해 진실을 저버리고 불의와 야합한다면 그 사문이야말로 중생의 이익을 포기하는 사람이라고 밀하지 않을 수 없다.

항상 수행자는 중생의 요익(饒益)이 무엇인가 생각해야 한다. 그리고 권력을 가진 자는 항상 겸손해야 하고 중생이 앓고 있는 소리를 듣기 위해 관음(觀音)의 귀와 눈을 가지고 소외받는 대중이 없도록 노력해야 한다.

인간에게 힘과 지혜가 주어진 것은 약한 자를 억압하고 해치기 위해서가 아니라 그들을 이해하고 도움을 주기 위해서라는 것을 잊지 말아야 할 것이다. 그리고 법관과 지식인은 약한 다수의 생존을 보호하고 권익을 지키기 위해서 언제나 깨어 있어야 한다.

사랑하는 사람을 두지 말라

불교에서는 사랑이라는 말보다 자비란 말을 자주 쓴다. 자비란 고통받는 이웃을 부모가 자식을 사랑하듯 아끼고 보살펴 준다는 뜻을 가지고 있다. 그러니까 기쁨을 주는 것을 '자(慈)'라 하고, 고통을 없애주는 것을 '비(悲)'라고 한다. 그래서 자비란 세속적 사랑의 의미와 다를 뿐 아니라 이 자비를 실천하고 몸소 구현할 때 완전한 인격을 성취할 수 있다고 했다.

그런데 불교의 모든 경전은 한결같이 사랑과 애정을 금하고 있다. 특히 《법구경》에서는 사랑하는 사람을 갖지 말고, 아울러 미운 사람도 갖지 말라고 강조하고 있다. 왜냐하면 사랑하는 사람은 못 만나서 괴롭고, 미운 사람은 자주 만나서 괴롭기 때문이다. 그뿐 아니다. 사랑함으로 인해 근심과 걱정이 생긴다.

그러나 사랑도 미움도 하지 않기가 어디 그리 쉬운 노릇인가. 보통 세속적으로 우리가 사랑이라고 할 때 그 의미를 살펴보면 종교적 의미를 가진 사랑이 아니라, 남녀의 애정관계를 뜻한다.

부처님은 바로 이 애정을 금했다. 특히 수행자가 재물과 여자를 탐하게 되면 독사에게 물린 것보다 더 심한 화를 입는다 했고, 모든 욕망 가운데서 성욕보다 더한 것은 없다고 했다. 다행히 그것이 하나뿐이었기 망정이지 둘만 되었더라도 이 세상에 수도할 사람은 아무도 없었을 것이다. 그리고 애욕을 지닌 사람은 마치 횃불을 들고 바람을 거슬러 올라가는 것과 같아서 반드시 화상을 입게 된다고 했다.

세속에서 살아가는 사람들에게는 공감이 가지 않을 이야기일는지 모르지만 우리는 간혹 남녀가 애욕 속에 파묻혀 사랑을 하다가 헤어져서 서로 저주하는 것을 볼 때가 있다. 그리고 사랑이 미움으로 변해 살인까지 해버리는 비극을 만날 때도 있다. 이것 역시 부처님 말씀과 같이 사랑과 미움을 마음의 근원에서 버리지 않아 생긴 불행이라 할 수 있다. 진실한 사랑은 자비의 의미를 지니고 있어야 한다. 모든 집착에서 벗어나 이웃을 내 자식같이 사랑하는 정신을 지니고 있을 때 마음의 뜰은 넉넉해진다. 대비(大悲)가 섞이지 않은 사랑은 고통과 미움을 불러일으킨다. 훌륭한 부모는 자식이 앓을 때 함께 앓지 않을 수 없듯이 함께 괴로워하면서 신음하는 정신이 불교의 사랑이고 자비다. 그리고 이것은 순수한 인간애이고 동시에 인간의 본바탕이기도 하다.

오늘날 사람의 마음이 황폐해지고 삭막해지는 것은 집착하는 마음과 이기적인 사랑을 갖고 있기 때문이다. 인간이 인간을 사랑하는 동체대비(同體大悲) 정신을 우리 주위에 확산시키는 것이 무엇보다 시급하다. 일시적 애정은 마음과 영혼을 상처받게 한다. 그리고 지나친 애욕이 섞인 마음은 편견을 일으키고, 살아있는 생명을 아름답게 가꿀 수 없다는 것을 깨달았으면 한다.

진정한 도반(道伴)

옛날 군자(君子)는 문(文)으로써 벗을 얻고 인(仁)을 배운다고 했다. 또한 친구가 잘못해도 묵과하지 말고 그 친구를 일깨워 참회시키는 것이 참다운 친구의 행위라고 밝히고 있다.

반면《부경(孚經)》에서는 벗에 대해 네 가지로 분류하고 있다.

첫째 꽃 같은 벗〔華如友〕, 그리고 저울대 같은 벗〔秤如友〕이 있는가 하면, 산 같은 벗〔山如友〕과 땅같은 벗〔地如友〕이 있다고 예를 들고 이 네 가지 벗의 종류에 대해 하나하나 구체적으로 설명하고 있다.

무엇으로 꽃 같다 하는가. 좋을 때는 머리속으로 기어들지만 움츠려 있을 때는 곧 버린다. 부귀함을 보면 붙지만 빈천하게 되면 곧 떠나버린다. 이것이 꽃과 같다는 벗의 생리란 것이다.

그러면 무엇으로 저울대 같다 하는가. 무거운 짐을 들면 수그리고 가벼울 때는 게으름을 피우는 도반(道伴)이 있다. 바로 이런 벗이 저울대 같은 벗이다.

그리고 산과 같다는 것은 뭇 짐승이 산 위에 모여 그 모우(毛羽)의 깃을 자랑하듯이 나의 영화나 부귀를 보고 기뻐하는 벗이다.

또 땅과 같은 벗이란 많은 곡식이나 보배 등 일체를 기꺼이 벗에게 주면, 그것을 베풀어 주고 양호(養護)하는 은혜를 잊지 않고 보답하는 벗을 말한다.

우리가 살아가면서 체험하는 진리를 부경은 밝히고 있다. 사실 불가에서는 친구라는 말이나 벗이란 말을 잘 사용하지 않는다. 다만 친구라는 말 대신 도반(道伴)이란 말로 표현한다.

도반이란, 출가자(出家者)의 신분으로 같은 이상과 목적을 갖고 함께 고통을 나누면서 구도(求道)하는 벗을 의미한다. 필히 여기에는 깨침이란 교섭이 있어야 한다.

그리고 한마음 한뜻이 모아진 자비심이 있어야 하고 고통을 나누는 애정이 있어야 한다. 그러나 우리 주위에는 도반이란 말을 앞세워 놓고서 서로를 이용하고 모반하는 속물근성을 가진 사람이 있다. 응무소주(應無所住)로 이생기심(而生其心)해야 하는 출가자의 신분에도 걸맞지 않은 일이지만, 이런 도반 의식은 사회에 있어서도 지탄의 대상이 되고 말 것이다.

중생이란 의미가 여러 개의 개체를 뜻하고 있지만 부처님은 그 생명체만은 하나라고 밝혔듯이 오늘의 이 시대야말로 몸과 마음을 같이할 도반이 절실히 그리워지는 때인 것 같다.

일체 만물을 내 몸같이 사랑하자

"어떤 생명이든 자기보다 소중한 것은 없다. 마찬가지로 다른 생명도 저마다 자기 목숨을 소중히 여긴다. 그러므로 자기를 소중히 여기는 사람은 남을 해쳐서는 안 된다."

원시경전《상응부(相應部)》에 나오는 말이다. 생명이란 누구나 할 것 없이 소중한 존재다. 그리고 모든 만물은 각기 나름의 생명을 지니고 있다. 특히 살려는 의지는 짐승이나 인간이나 조금도 다를 것이 없다. 이것은 목숨을 가진 자의 순수한 본능이다. 그래서 '일체 만물을 내 몸같이 사랑하라' 한 것이다.

목숨을 소중히 여기는 것은 생명외경(生命畏敬)인 동시에 자비의 구현이기도 하다. 또한 자비는 인간 본성의 발로다. 인간이 자비를 잃었을 때 자기가 아닌 남을 해치려는 생각을 갖게 될 뿐 아니라 약육강식의 잔인함을 발휘하게 된다. 또 잔인하고 무자비한 분위기 속에는 짐승도 고개를 돌리고 만다. 이러한 모습은 눈이 쌓인 겨울 산사로 찾아드는 짐승만 보더라도 알 수 있다.

왜냐하면 짐승에게도 살기(殺氣)가 있는 곳과 없는 곳을 판단하는 본능이 있어서 안전하게 있을 수 있는 곳으로 찾아들기 때문이다. 그뿐 아니다. 자라를 잡아 다시 물 속으로 되돌려주면 자라는 바로 물 속으로 사라지지 않고 살려주는 사람을 한번 더 쳐다보고 사라진다. 따지고 보면 방생(放生)의 덕화(德化)는 동물에게만 미치는 것은 아니다. 사람을 깨우치고 교화하는 데도 방생 정신은 절실히 필요하다.

그리고 무조건 인간의 잘못을 깨우쳐 주는 것보다, 자기 자신을 소중히 여길 때 공덕은 성취된다. 또한 이웃과 이웃을 연결하는 데 있어서는 무엇보다 애정이 있어야 한다. 애정으로 깨우치는 것과 법을 앞세워 강압적으로 다스리는 것과는 그 효과가 다르다. 단속을 앞세우면 적발이라는 결과가 있어야 하고 억압적인 분위기가 따르게 마련이다. 또 반감이 유발되기도 쉽다. 그리고 상대방 마음을 상하게 하면 반드시 내 마음도 상하게 되는 악순환의 인과(因果)가 성립된다.

그래서 옛날 상불경보살은 만나는 사람마다 '나는 당신을 경멸하지 않습니다. 당신이야말로 곧 부처가 될 것'이라고 말한 일이 있다. 이 시대에는 무엇보다 상불경보살이 지닌 덕화가 필요한 것 같다.

버리는 것과 제도하는 것의 차이

"사람들은 뭇 벌레들이 깨끗함과 더러움을 가리지 못한다고 미워한다. 그러나 성인들은 사람들이 정예(淨穢)를 가리지 못하면서 살고 있음을 탓한다."

《발심수행장(發心修行章)》에 나오는 원효(元曉)의 말이다. 정예란 어느 곳에든지 있다. 사람이 살고 있는 곳에는 시비(是非)가 있기 마련이고, 욕망과 무명이 군데군데 박혀 있다. 그래서 옛사람들은 우리가 살고 있는 세상을 오탁악세(五濁惡世)라고 했고, 사바(娑婆)라고 했다.

사바란 고통을 참고 살아가야 하는 세계를 말한다.

인토(忍土)란 고통을 참을 만하다는 의미다. 또 우리가 깨끗하고 더럽다는 것도 따지고 보면 도처에 있다. 육신 자체를 보더라도 헤아릴 수 없는 더러움이 있으며, 우리가 먹고 있는 음식물이 분뇨가 되어 밖으로 나올 때까지 그 더러움을 육신이 지니고 있다.

도시에서는 찾아 보기가 힘들지만 지금도 시골 산사의 화장실에 가보면 인간이 쏟아놓은 배설물에 의지해서 살아가는 미충(尾蟲)들을 발견한다. 그리고 우리는 그것을 더럽다고 단정해 버린다. 그러나 인간이 오탁악세에 얽혀 살고 있는 것을 높은 차원에 있는 성인(聖人)들이 바라보면 무어라고 하겠는가. 틀림없이 분노 속에 살고 있는 벌레와 다름없다고 할 것이다.

그렇다면 남의 허물을 보기 전에 자신 속에 깊이 감추어진 허물과 불행함을 발견해야 한다.

우리는 자신도 모르게 신·구·의(身口意) 삼업(三業)을 통해 헤아릴 수 없는 부정(不淨)을 저질러 왔다. 불교는 사람을 버리는 것이 아니라 제도하고 교화하는 곳임을 잊지 말았으면 한다.

진실은 힘으로 쟁취되지 않는다

"불만과 비판은 인간과 국가의 발전을 기약하는 첫걸음이다."

오스카 와일드의 말이다. 불만을 위한 불만이나 비판을 위한 비판은 오히려 발전을 저해하는 요인이 되지만, 진실을 말하기 위한 비판은 우리 생활 속에 반드시 있어야 한다. 그래서 옛 신하들은 임금 앞에서 충간(忠諫)을 서슴지 않았다.

특히 민주주의의 체제 아래서는 모든 사람의 의견이 통일되지 않을 뿐 아니라 각기 나름의 소견을 갖고 말할 수 있는 자유를 갖고 있다. 그래서 자유롭게 토론을 거듭한 끝에 최대공약수를 찾는다. 왜냐하면 민원의 소재를 파악하기 위해서이다.

부처님도 가장 중요한 것은 중생의 원력이 무엇인가 살피는 일이라고 했다. 그리고 의화동수, 즉 마음이 하나가 될 때만이 화평(和平)은 이루어진다고 했다. 또 시비가 일 때는 한쪽만 편들지 말고 양쪽 의견을 다같이 존중하여 화합하도록 강조했다.

어느날 제자가 부처님께 여쭈었다.

"'밧지'라는 나라는 장래에도 번영하겠습니까?"

부처님은 대답 대신 다시 물었다.

"'밧지'라는 나라의 사람들이 자주 모임을 갖고 상호간의 의

사를 자유롭게 나누고 있는가? 그리고 또 그들은 서로가 화합하여 민(民)의 의견을 존중하여 일을 처리하는가?"

"그렇습니다."

"그렇다면 '밧지'라는 나라는 번영할 것이다."

비록 짤막한 일화지만, 우리는 이 일화를 통해 우리 자신들의 위치를 점검해 볼 필요가 있다. 그리고 원시불교 당시 부처님이 지녔던 정신을 가지고 몸소 실천하고 있는가 반성해 볼 필요가 있다. 그러나 이성철(李性徹) 종정스님이 말했듯이 우리가 제도 개혁을 하는 것은, 다툼이 아니라 불법(佛法) 대로 잘살기 위해서란 말을 음미해 보면 오늘날 구도자가 하고 있는 행위가 어떠한가를 알 수 있을 것이다.

진실은 꼭 다수의 힘으로 쟁취되지 않는다. 그것은 혜능이 오조홍인(五祖弘忍)의 법통(法統)을 받고 뒤쫓아온 제자들에게 정법안장(正法眼藏)은 힘으로 쟁취하는 것이 아니라고 밝힌 데에서도 알 수 있듯이 올바른 생각과 선행(善行)을 실천할 때 진실은 자기 것이 된다.

조잡한 지붕에는 비가 샌다

"조잡하게 지붕을 이은 집에는 비가 새는 것처럼 잘 수련되지 않은 마음에 탐욕은 침범한다."

이 세상에 완전한 것이란 존재하지 않는다. 완전한 것이란 진여(眞如) 그 자체뿐이다. 사실 인간도 불완전한 존재이기 때문에 스스로 노력하여 자기 내부에서 완전한 인격을 실현하려고 한다. 그러나 무엇보다도 중요한 것은 스스로 완전치 못한 결함을 깨닫고 파악하는 일이다. 우리는 때로 돌이킬 수 없는 실수를 해놓고 인간이니까 별수없이 잘못을 저질렀다고 자위할 때가 종종 있다. 이것 역시 자기 결함을 일찍 깨닫지 못한 변명에 불과하다.

옛날 나옹국사는 아침이면 자리에 앉아 '주인공아!' 하고 소리를 질렀다고 한다. 불완전한 자기를 불러서 어디가 결함이 있는지 살핀 것이다. 불완전한 자기 모습을 깎고 지우고 채찍질하는 것은 번뇌를 극복하는 일인 동시에 자성에 도달하는 행위다.

앞에서 나옹국사가 말한 주인공이란 중생이 지니고 있는 주체적 자아(自我)다. 이것을 때로 우리는 마음이라고 표현한다. 자기가 지닌 마음, 이것을 잘 수련시키지 못해 잘못된 행위를 범할 때가 많다. 자신의 속에 가지고 있는 마음까지 자유롭게 쓸 수 없는 것이 중생이다. 원인은 탐욕 때문이다.

　간혹 산사에 들어가 가부좌를 틀고 앉아 있노라면 헤아릴 수 없는 상념이 일어나 어디론가 떠나고 있음을 체험한다. 그리고 감당할 수 없는 탐욕이 마음속으로 침범하여 마음을 괴롭힌다. 자신도 모르게 마음은 탐욕과 몸을 섞고 있었다. 조잡하게 이은 지붕에 비가 새는 것처럼 자기 관리를 잘못해 온 것이다. 수련이란 자기가 지닌 인격의 질적 전환을 마련해 주는 일이다. 여기에는 마음의 근원을 바라볼 수 있는 고요가 있어야 한다.

출가자는 중생의 심부름꾼

"우연한 기회에 권력(權力)을 잡게 되거든 항상 도반(道伴)을 공경하고 자만하거나 독선에 빠지지 말라. 만사(萬事)는 무상(無常)하다. 그리고 갖게 된 권리는 누구나 영구히 보존치 못한다. 만약 종단의 권좌에 앉았다가 다시 그 자리에서 물러나 대중(大衆)에게 돌아온다면 무슨 낯으로서 대할 것인가. 그래서 인과는 차별이 없다고 한 것이다."

장로 자각선사(長蘆慈覺禪師)의 〈구경문(龜鏡文)〉에 나오는 이야기다. 그는 중국 총림의 세칙을 구경문을 통해 밝히면서, 권좌에 오르는 사람은 항상 대중을 공경하고 스스로 자만에 빠지지 말라고 당부하고 있다. 인과(因果)를 소중히 생각하는 구도자는 귀담아 들을 이야기다.

따지고 보면 인간에게 힘과 지혜가 주어진 것은 약한 자를 해치기 위해서가 아니다. 오히려 그들을 외호(外護)하고 보살펴 주기 위해 법은 평등히 존재하고 있다. 그리고 출가자의 본분은 종권(宗權)이나 탐하고 그것을 자기 보신을 위해 쓰는 데 있지 않다.

출가자는 어디까지나 자기 면목을 밝혀 고통받는 중생과 함께 있어야 한다. 그리고 교조(教祖)이신 불타(佛陀)께서 스스로 왕자의 신분을 저버리고 출가한 뜻을 잘 파악해야 한다.

그동안 조계종은 종권(宗權)으로 숱한 파벌이 형성되었고 혼란을 되풀이했다. 참으로 출가자가 해서는 안 될 일을 스스로 자행하고 말았다. 그래서 장로 자각선사는 대중을 공경하고 소중히 여길 때 법도 아울러 중하게 된다고 했으며, 내호(內護)가 엄해야만 외호 역시 여법(如法)해진다고 강조했다.

원래 총림 정신을 통해서 볼 때 소임을 맡는 것은 자기 혼자 편리를 도모하기 위해서가 아니라 대중을 보다 편히 모시기 위해서이다. 총무원은 권력 기관이 아니라 대중을 외호하는 단체다. 사부대중(四部大衆)이 지니고 있는 민의(民意)를 파악하여 정진하는 데 불편이 없도록 보살펴 주는 사명을 총무원은 지니고 있는 것이다.

원래 이판(理判)과 사판(事判)의 뜻이 그러하듯 오늘날 종단의 풍토가 수행 중심으로 쇄신하려면 무엇보다 대중의 뜻을 존중히 여겨야 한다. 따지고 보면 출가자는 중생의 심부름꾼에 불과하다. 그리고 참다운 심부름꾼이 되기 위해 보살도가 있음을 우리 스스로가 자각할 필요가 있다.

우리에게 필요한 지혜

자기를 냉정하게 반성하고 반조해 보기 위해서는 먼저 생각이 바뀌고 환경이 달라져야 한다. 되풀이되는 일상과 타성에 젖은 습관으로는 사고의 전환이나 자기 반조(返照)가 이루어지지 않는다. 먼저 자기를 적소(謫所)에 가두고 나면 마음은 집중되고 회광반조(廻光返照)의 사유가 일어나 자기를 바로잡게 된다.

자기에게 엄격하지 못한 사람들이 상대의 허물에 대해서는 잔인할 만큼 공격적이다. 쇠에서 생긴 녹이 결국 쇠를 소멸시키듯 자만과 독선 때문에 자기 허물을 못 보고 패가망신할 때가 있다. 자기를 잘 다스리는 사람일수록 스스로 억제하고 절제하여 상대의 잘못을 용서하는 미덕을 갖추고 있다.

문민정부가 한보사건과 대선자금으로 국민적 의혹을 받고 있는 것도 따지고 보면 정경유착의 부패고리를 단절치 못했기 때문이다. 그리고 지난 날의 정치자금에서 자유스럽지 못한 처신으로 인해 자업자득(自業自得)의 고통을 받고 있다. 만약 천문학적 정치자금을 받았다고 하면 돌이킬 수 없는 도덕적 상처를 받을 것이고 한 푼도 받지 않았다고 한다면 삼척동자도 웃고 말 것이다. 바로 이것이 진퇴양난의 업보다.

그래서 지난 일에 대해서는 다같이 반성하고 참회할 필요가 있다. 그리고 용서를 구할 때 국민적 구원을 얻을 수 있다. 남의 허물에 집착한 사람은 자기 허물이 자기를 속박하는 포획자(捕獲者)임을 깨닫지 못한다. 그뿐 아니라 남을 괴롭히면서 자신의 이득과 안락을 바랄수록 원한의 속박은 깊어진다.

지도층에 있는 사람들은 직언과 비판을 고깝게 생각하지 말아야 한다. 듣기 싫은 말일지라도 겸허히 받아들이는 자세가 필요하다. 대부분 권력을 지니고 있다는 고위의 사람들은 자기가 전능적이라고 생각한다. 그리고 직언을 받아들이는 도량(度量)을 보이지 않고 혼자서 말하는 독선적 속성을 갖고 있다.

지나친 탐욕이 파멸을 부른다면 명예욕은 자기를 더럽히는 요인이 된다. 수행이 깊은 선지식도 칭찬 앞에서는 마음이 흔들린다고 했다. 우리에게 필요한 것은 하심(下心)으로 절복(折伏)하는 지혜다.

참회

수행자 가운데는 명리를 좋아하는 사람이 있었는가 하면, 국사(國師)로 봉하여도 늙고 병들었다는 이유로 끝까지 사양하는 사람도 있었다. 서산(西山)은 선종판사라는 직위에 올라 많은 사람의 선망의 대상이 되었고 추앙을 받았다. 그러나 추앙받은 만큼 그의 생애는 항상 명리승이라는 불명예가 따라다니고 있다. 그가 누구보다 명리를 탐하고 부귀영화를 누리는 것을 경계하고 싫어했음에도…….

《선가귀감》을 보면 서산이 얼마나 명리를 경계했는가를 다음의 글을 통해 알 수 있다.

"명리납자(名利衲子)는 풀 속에 묻힌 시골 사람만 못할 뿐 아니라 세상의 뜬이름을 탐하는 것은 쓸데없이 몸만 괴롭게 하는 것이고, 잇속을 따라 허둥대는 것은 업의 불에 섶을 더 보태는 격이다."

또 그가 스스로 선종판사를 지낸 경력이 일생에 큰 허물이 되었음을 깨닫고 다음과 같이 반성하기도 했다.

"사람의 삶에 있어 나이가 귀하나니, 이제 비로소 옛날 행동을 뉘우친다. 어찌하면 하늘에 닿는 저 바닷물을 쏟아 산승(山僧)의 '판사'란 이름 말끔히 씻을꼬."

벼슬자리에 있을 때는 그 허물을 깨닫지 못하다가 자리에서 물러난 후 자신의 허물에 대해 깊이 반성하고 있는 것이다.

서산의 위대함은 선종판사를 지낼 만큼 높은 덕망을 지닌 데 있다기보다 자신의 허물을 깨닫고 뉘우친 데 있다.

그는 참회를 점재(漸財)라고 생각했다. 부끄러워하고 참회한다는 것이 큰 재산이라고 했다. 참회란 먼저 지은 허물을 뉘우치고 다시는 범하지 않겠다는 서원이요, 부끄러워한다는 것은 안으로 자신을 꾸짖고 밖으로 드러내는 일이다.

사람이 만물 가운데 뛰어남은 자기 허물을 뉘우쳐 참회할 줄 아는 참괴심이 있기 때문이다. 이 참괴심이 바로 우리들의 양심이다.

참괴심이 없을 때 사람은 오만해지고 끝내는 수많은 사람들의 비난을 받게 된다. 사람이 자신을 거듭거듭 새롭게 하려면 참회할 때만이 가능하다.

삶과 죽음의 완성

태어남도 고통이요, 죽는 것도 고통이라고 노래를 부른 사람이 신라시대 사복(蛇福)이다. 생성을 이룬 존재는 반드시 생멸이 있기 마련이다. 인간 싯달타는 아들 라후라가 태어났을 때 이름을 아름답게 짓기보다는 '고(苦)의 탄생'이라 했다.

태어난 생명을 찬탄하기보다 고통으로 파악했기 때문이다. 그래서 사복은 나는 것도, 죽는 것도 고통이라 했다.

죽음이야말로 가장 보편적인 사건이다. 그러나 삶이 종말이기 때문에 누구나 두려워한다. 그동안 어떤 민족과 신분의 귀천을 따질 것 없이 인간이면 죽음을 면하지 못했다. 다만 죽음을 대하는 태도와 풍속, 그리고 나고 죽음을 해탈한 사람에 따라 다를 뿐이다. 그러니까 어떻게 죽음을 맞이하고 해석하느냐에 따라 비극의 의미가 달라진다. 그뿐 아니라 문화 형태와 장의(葬儀)의식까지 다르다.

불교는 육신을 가아(假我)라고 생각하기 때문에 육신을 홀대한다. 그래서 화장을 해서 태워버린다. 썩어서 끝내는 한 줌의 흙이 되고 만다는 사실을 깨달았기 때문이다. 그리고 수행자의 입적 앞에서는 슬픔이나 눈물을 찾아볼 수 없다.

또 육신을 버리는 데도 자재하는 모습을 보였는가 하면, 입적의 모습도 다양하게 연출했다. 그것은 해탈의 미학이었다. 특히 중국의 혜안국사는 문도들에게 유촉하기를 '내가 죽거든 시체를 숲속에 버려 들불에 타도록 하라'고 했다. 화려한 조상(弔喪)을 거절한 것이다. 끝내 혜안국사의 시체는 들불로 화장을 했다.

요즈음 큰스님들의 다비를 치르는 데에 몇 억이 든다는 사실을 생각할 때 혜안국사의 유촉에 담긴 의미를 헤아려 보아야 할 것이다. 죽음 자체가 다를 수는 없다. 죽음에 의미를 부여함에 따라 장례의식이 달라진다. 그것은 한 전경이 목숨을 잃고 장례를 치르는 모습과 한총련 학생들에 목숨을 잃은 한 시민의 장례에서 찾아볼 수 있다. 거기다가 권력이 있고 가진 자가 죽었을 때의 그 장례 모습은 매우 화려하고 엄숙하다.

삶과 죽음을 완성하는 일은 화려한 장례에 있지 않다는 것을 깨달은 사람이 많지 않은 것 같다.

황소개구리와 살생

살생(殺生)은 어떤 의미로든지 정당화될 수 없다. 살아있는 생명을 죽일 수 있는 권리를 누구도 부여받지 못한 때문이다. 인간이 필요에 따라 제도를 만들어 약육강식의 질서를 따를 뿐이다.

살아있는 동물이 살기(殺氣)를 가질 때 몸 전체에 독기가 번진다고 한다. 그리고 하잘것없는 미생물이라도 죽이기를 좋아하다 보면 자신도 모르게 성격이 거칠어지고 자애심이 없어진다고 한다. 그것뿐 아니라 보신(補身)을 위해 동물들의 피를 많이 마신 사람들은 그 피부색깔이 변한다는 것이 입증되고 있다.

살생을 하게 되면 마음속 깊이 자리하고 있는 자비의 씨앗이 없어질 뿐만 아니라, 끝내는 스스로 자신의 수명이 짧아지고 몸에 많은 병을 얻게 된다고 《화엄경》은 밝히고 있다. 그만큼 살기를 일으키고 화를 내는 일은 몸과 마음에 해독(害毒)을 끼치게 된다. 끝없는 생명의 외경만이 인간과 우주를 하나의 생명체로 인식케 한다.

언젠가 환경부는 환경파괴의 주범으로 황소개구리를 지목하여 '황소개구리 잡기대회'를 전국적으로 개최한 일이 있었다. 우리의 전통적 생태계가 파괴되고 뱀, 개구리가 멸종 위기에 놓여 있다는 현실을 깨달은 환경부는 황소개구리 잡기대회를 개최했고, 한 마리를 잡으면 1천 원을 주겠다는 현상금까지 걸었다. 그리고 어린 학생들을 동원하기 위해 봉사활동으로 인정하겠다고까지 했다. 그 결과 그 대회에는 초등학생까지 참여하여 황소개구리 소탕작전을 벌였다.

황소개구리나 블루길 같은 외래종을 박멸시켜 고유의 생태계를 되찾는 운동은 절실하다. 다만 한 가지 아쉬운 것이 있다면, 황소개구리를 잡아 그 자리에서 요리를 하여 먹고 있는 모습이 섬짓하다 못해 사람이 얼마나 잔인한가를 깨닫게 한다. 비록 황소개구리를 식용으로 수입했다 할지라도 그 현장에서 펄펄 끓는 물에 요리를 한다는 것은 비교육적이라고 지적하지 않을 수 없다.

정력에 좋다면 뭐든지 닥치는 대로 먹는 사람들과 조금도 다를 바가 없기 때문이다. 인간의 잔인한 단면을 보는 것 같아 착잡한 생각이다.

애착이 있는 곳에 고통이 있다

입산(入山)한 날 밤이었다. 그날 밤 나는 불면으로 참으로 지루하고 긴장된 밤을 새워야 했다. 모시고 있던 노승의 임종이 가까이 왔었기 때문에 나는 안절부절 못하고 있었다.

그것도 입산 초야(初夜)라서 절 집안의 풍속을 알 수 없었고, 법도에도 익숙하지 못해 나는 멍청히 앉아 앓고 있는 노승을 쳐다만 보고 있었다.

노승의 목에서는 이상한 기침소리가 배어 나왔다. 멀리 들판에서 개구리가 만들어낸 울음 소리가 마치 노승의 목에서도 만들어지는 듯했다.

노승은 오랫동안 가슴을 앓고 있었던 것이었다. 그의 육체는 벌레가 파먹은 것같이 군데군데 상처가 나 있었고, 몸에는 살점을 스스로 제거나 해버린 듯 앙상한 뼈대만 남아있었다. 그래서 그가 움직일 때는 낡은 고가(古家)의 서까래가 불쑥 튀어나올 것 같은 착각을 일으키게 했다. 그런데 한 가지 이상한 것은 노승의 주위에 간호하는 사람이 한 사람도 없다는 것이었다.

일체의 가족을 버리고 홀로 살고 있는 사람처럼 고독하고 절망적인 분위기가 노승의 얼굴에 가득했다.

그날 밤 노승은 수없이 기침을 하면서 가래 끓는 소리를 뱉아내다가 갑자기 자리에 앉아 가부좌를 틀었다. 그리고 눈을 감고 무엇인가 오랫동안 생각을 했다.

좌선(坐禪)을 하고 있는 것은 아닌 것 같았다. 자기 내부에서 붕괴되는 자아의 허상을 확인하고 있는 것 같았다.

나는 이때 노승의 몸에서 생과 죽음의 처절한 어둠이 쌓이고 있음을 발견할 수 있었다. 지난날 죽은 동생을 묻고 돌아와 처음으로 생사의 절망을 체험한 그런 기분을 오랜만에 만날 수 있었다.

밤 열두 시가 넘자 그는 나에게 알아들을 수 없는 말을 했다. 참으로 견디기 어려운 고통을 참으면서 하는 이야기 같았다.

"수행인은 아무것도 갖지 말아야 한다. 애착이 있는 곳에는 고통이 있고 머물러 있는 곳에도 집착의 고통이 생긴다. 이런 함정에 빠져버리면 속인과 다름없는 일생을 살게 된다. 너도 입산했으니 멍든 산천(山川), 그리고 귀먹은 자, 눈먼 자의 가슴에 지혜의 불을 밝혀라. 오늘의 선지식들은 위선의 장막 속에서 창조적인 목소리는 없고 남의 이야기만 흉내내고 있어."

말을 마친 노승은 다시 자리에 누워 있다가, 안락사를 하는 사람처럼 눈을 감아 버렸다. 다음날 아침 불교식으로 그의 가난한 죽음의 잔치가 시작되었다.

다른 고승들에게서 볼 수 있는 찬란한 다비식이 아니었다. 절 뒷산 다비장으로 옮겨진 그의 시체는 장작더미에 올려지고 나서 검고 푸른 불길 속에 서서히 붕괴되고 소멸되었다.

나는 오랫동안 자리를 뜨지 않고 노승의 육체가 타서 한 줌의

재로 변해 흙과 불빛으로 돌아가는 것을 목격하였다.

다비장에서 나올 때는 땅거미가 짙어져 있었다. 자리에 누웠지만 잠이 오질 않았다. 늦게야 잠을 이루었을 때 노승이 꿈에 나타나 나에게 애원을 했다.

"다리 한쪽이 타질 않았어. 그래서 피안(彼岸)의 마을로 가지를 못했다. 네가 가서 다시 태워 달라."

말을 마치자, 그는 사라져 버렸다. 나는 자리에서 일어나 도망치듯 화장막으로 달려갔다.

노승의 말대로 다리 한쪽이 불길에 타다가 남아있었다. 나는 다시 기름을 붓고 다리 한쪽을 태웠다.

절에 들어와서야 노승의 이름을 기억할 수 있었다. 그의 법명은 걸안(乞眼)이었다. 입산을 하고서 처음 나는 임종 전에 한 스승의 말을 실감할 수 있었다.

수행인은 아무것도 갖지 말아야 한다.

그뒤 나는 애착이 있는 곳에 고통이 있음을 수없이 체험했다. 그래서 즐거운 일보다 그때의 일을 지금도 잊지 못하고 있다.

인격

훌륭한 인격을 갖춘 사람과 마주하고 있으면 비록 말을 하지 않더라도 마음이 편하고 저절로 안정이 된다. 그리고 그 인격에서 배어나오는 향기 때문에 잔잔한 감동마저 일 때가 있다.

불타(佛陀)의 전기(傳記)를 읽다보면 부처님은 그 모양부터 중생과 달리 80가지 색다른 모습을 지니고 있다고 묘사하고 있다. 그 가운데 한 가지 모습만 보고 있어도 환희심이 일어나고 부처님을 숭배하게 된다고 한다.

완전한 지혜와 덕행은 스스로 말하지 않아도 꽃향기처럼 누구나 맡을 수 있다. 인격의 향기는 그 바탕에서 이루어진다. 권력과 재산이 많다고 해서 지혜와 덕행이 이루어지는 것은 아니다. 수행을 오랫동안 한 사람과 깨쳤다고 주장하는 자기 주장이 강한 사람과 마주하다 보면 왠지 마음이 불편하고 아집과 오만을 느낄 때가 있다. 비록 알음알이는 수승한 면이 있더라도 그것이 인격으로 형성되지 않아 그 깨침과 수행을 의심하게 된다.

중 노릇이란 일반인과 달리 보다 많은 인욕과 정진을 요구한다. 오죽했으면 참는 일이 없으면 육도만행이 성취되지 않는다고 했을까. 인격의 바탕에 지혜도 있어야겠지만 자비와 인욕이 뒷받침되어야 이웃을 감동시킬 수 있는 덕행이 될 수 있다. 그리고 자기 모습을 똑바로 깨달아야 남의 모습을 통해 자신을 비추어 볼 수 있다.

수행이란 아집과 오만을 기르는 것이 아니라 자타(自他)의 분별을 뛰어넘는 행위다. 만약 수행인의 인격이 세속적 사람보다 뒤지고 오히려 아집과 독선만을 지니고 있다면 훌륭한 수행인이라고 할 수 없다. 자기를 비우고 자타의 차별을 초월하여 무아의 경지에 이르렀을 때 이웃을 위한 구원을 성취할 수 있다.

그리고 눈밝은 사람일수록 상대의 허물을 통해 자신을 바로잡고 스승을 삼는다고 한다. 중국 혜안선사는 지혜와 덕행이 뛰어나 중종(中宗)의 초청을 받았으나 그는 두타행(頭陀行)을 하여 뭇사람들에게 존경을 받았으며 임종을 한 3년이 지났을 때 시신이 썩지 않았을 뿐 아니라, 오히려 얼굴에 자비가 가득하고 향기가 났다고 한다. 위선을 지닌 사람일수록 감추어진 허물이 많다는 지적이 헛말이 아닌 것 같다.

194

임종게

불교의 선시문학(禪詩文學) 가운데 임종게는 일반인이 임종에 다다라 남긴 유언과는 달리 문학적 가치를 지니고 있다. 일반인의 경우는 재산을 가족에게 분배하거나 사회에 환원하는 내용이 담겨 있지만, 선사들이 남긴 임종게는 자신이 일생 동안 살았던 삶을 성찰하고 삶과 죽음이 둘이 아닌 이치를 깨닫고 자성의 근원으로 회귀하고 있음을 노래하는 것이다.

그리고 자신의 죽음을 시적 메타포와 상상력으로 표현하고 있어 삶의 종말에 대한 허무나 슬픔을 찾아볼 수 없고 초월적 분위기 때문에 읽는 사람으로 하여금 경이를 만나게 한다. 특히 임종게 가운데 자주 등장되는 주제(主題)는 나고 죽음의 문제를 마치 흰구름이 오고 가는 것에 비유하여 그 실체가 없음을 노래하고 있다.

어떤 선사는 살아서는 극락도 좋아하지 않았고 죽어서는 지옥도 두려워하지 않았다고 노래했는가 하면, 지옥 찌꺼기만 남기고 간다고 표현한 선사도 있다. 종정을 지낸 성철스님은 임종게를 통해 살아서 수많은 남녀를 속였고, 그 죄가 산(山)보다 크다고 참회의 내용을 담고 있어 읽는 사람으로 하여금 전율을 느끼게 했다. 그리고 선림승보(禪林僧寶)를 보면 어느 선사는 자신의 심상(心象)을 문학적 수식이나 미사여구가 없이 표현해 가슴에 닿는 감동을 더해주고 있다.

어제는 야차(夜叉)의 마음이었는데
오늘은 보살의 얼굴이네.
보살과 야차가 백지 한 장 차이도 안 되네.

야차라고 하면 사람을 해치는 귀신이다. 사람의 마음속에는 항상 탐·진·치 삼독이 있고, 이 삼독으로 인해 사람은 짐승처럼 될 때도 있다. 그러나 삼독을 버리면 보살이 된다. 그래서 야차와 보살이 백지 한 장 사이도 안 된다고 노래한 것이다. 사람들은 자기 마음속에 야차가 들어있는 것을 깨닫지 못하여 이웃과 사회에 끝없는 해악을 끼치고 있다. 선사들은 임종을 맞아도 죽음을 두려워하지 않고 삶에도 집착하지 않았다. 그래서 임종게 속에는 인간의 맑은 영혼의 소리가 담겨 있다. 그리고 죽음 앞에서 얼마나 좋으냐고 말할 수 있고, 즐거움이 된다고 노래하는 것이다.

몸

인간에게 나고 죽는 법칙이 없었다면 사람은 지금보다 훨씬 잔인하고 무자비했을 것이다. 늙고 병드는 법칙이 있기에 자신이 살아온 궤적을 뒤돌아보고 반성하는 시간을 갖고 본성을 회복한다. 그리고 자신의 잘못을 반성하고 참회하는 시간은 임종을 맞을 때 가장 진실하고 진지하다고 한다. 육신이 건강할 때는 본능적 욕망과 아울러 인연에 얽매인 이해관계로 인해 진면목을 보지 못한다. 그러나 사람이 짐승과 다른 점은 잘못을 판단하고 생각할 수 있는 영혼이 있는 것이다. 생각하는 기능이 없다면 평범한 짐승과 다름이 없을 것이다. 그래서 사람 노릇하기가 어렵다고 하는 것이다. 거기다가 중 노릇하는 일은 사람 노릇하는 일보다 몇 배 정진을 요구한다. 왜냐하면 구체적 책임을 다해 중생을 제도해야 하기 때문이다.

《법화경》 '사신품(捨身品)'에는 누구나 중생을 위해 몸을 버리면 진리의 몸을 이룬다고 했다. 평범한 인간의 육신은 생멸이 있으나 진리의 몸에는 나고 죽음이 없다. 그러나 이웃의 아픔을 위해 생명을 바치는 헌신은 실천하기 어렵다. 며칠 전 23세 청년이 교통사고로 뇌사상태에 이르자, 부모들은 평소 아들의 선행을 오랫동안 기리기 위해 몸 전체의 장기를 기증하여 죽어가는 세 사람의 목숨을 살렸다고 한다. 육신에 집착되어 있는 사람이나 육신을 영혼의 집으로 고집하는 사람들은 비록 죽은 시신이라도 버리기를 꺼려한다.

육신은 허망하고 소멸하는 존재다. 그러나 이 젊은 청년은 자기를 버리고, 사람을 살렸을 뿐 아니라 진리의 몸을 얻은 것이다. 선행 가운데 이처럼 아름답고 용기있는 선행은 없을 것이다.

그러나 세상은 젊은 청년의 아름다운 이야기에 귀를 기울이는 사람이 많지 않은 것 같다. 오히려 권력 있고 벼슬 높은 안방 주인들의 고급옷 사건에 관심이 많다. 우리가 살고 있는 사회는 우리들의 내부를 밖으로 들어낸 상태다. 사람들의 마음이 너무도 삭막하고 황폐해진 것 같다. 그리고 육신을 허망하다고 큰소리치는 스님들도 몸을 버리고 진리의 몸을 얻는 보살행을 실천하기가 어려운 모양이다. 모양만 그럴 듯한 성직자가 우리 주위에는 너무 많다.

해제

　무더위가 계속되더니 처서가 지나고부터 아침 저녁 바람이 한결 시원해졌다. 깊은 산 계곡에는 벌써 가을 기운이 찾아들어 나뭇잎이 물들기 시작했고 여름 한 철 가부좌를 틀고 앉았던 납자(衲子)들은 하안거(夏安居)를 마치고 걸망을 챙겨 하산(下山)하여 만행(萬行)을 시작했다고 한다. 원래 하안거 해제날에는 절마다 분주하고 긴장감이 감돈다. 왜냐하면 이날은 방장(方丈)과 조실(祖室)스님의 법어(法語)가 있고, 아울러 화두(話頭)를 참구한 납자들의 의심된 부분을 물어 깨침을 얻을 수가 있기 때문이다.

　이때 법을 묻고 대답하는 의식을 법거량(法擧揚)이라고 한다. 그리고 만약 납자의 질문에 대답을 못하면 조실은 망신을 당하기도 하고 반면, 조실의 법문의 뜻을 깨닫지 못하면 방(棒)의 세례를 받기도 한다. 그러나 우리나라 선원에는 납자는 많아도 조실은 없다고 한다. 다만 총림에 방장이 있을 뿐 법거량이 이루어진 곳은 한 군데도 없다고 한다. 그만큼 눈밝은 선지식이 우리 주위에는 없다. 중국에 불교가 성행할 때는 절마다 대참(大參)과 소참(小參) 법문이 있었다. 그리고 납자가 많은 절에서는 반드시 주지와 선문답(禪問答) 하는 시간이 정해져 있었고 주지 진산식이 있을 때에는 선문답을 했다고 기록은 전하고 있다. 바로 이것을 대참 법문이라고 한다. 이밖에 15일마다 선문답하는 것을 소참 법문이라고 한다.

화두를 참구하여 깨침이 열리면 반드시 선지식에게 그 안목을 결택받아야 인가가 이루어진다. 조실이 없다는 것은 깨침을 인가해 줄 사람이 없다는 뜻이다. 여기에 선종의 위기가 있다. 그리고 깨침을 추구하고 운수(雲水)의 경력이 있는 사람들에게 지적되는 것은 투철한 안목과 번뜩이는 지혜를 얻으려는 열정은 있지만 수행인이 갖추고 있어야 할 덕성이 없다고 한다. 덕성이 없으면 겸손과 청빈과 온유함은 찾아보기 힘들다. 깨침은 인간의 본성을 확인하여 사람으로써 본분을 다하는 일이다. 반면 서슬퍼런 오만과 독선과 아집이 보통 사람들보다 더 심하다면 그를 찾은 사람들은 마음이 불편할 것이다. 그래서 깨치기도 어렵고 사람되기도 어렵다고 한다.

선종사

선종사를 보면 사실적 기록(記錄)과 허구가 병존하여 이중으로 구성되어 있음을 발견할 수 있다. 오랫동안 어록(語錄)에 관심을 가졌거나 집착해온 사람들은 왜곡된 기록을 사실로 받아들이고 있다. 정설로 믿은 고정된 관념 때문이다. 하지만 외국에 있는 불교학자들은 오래 전부터 선종사의 왜곡된 기록이 역사적 사실이 아님을 밝혀 학계에 논란을 일으켜 화제를 모은 일이 있었다. 그러나 국내 불교학자들은 반론 한 마디 없이 침묵했다. 그 침묵이 지닌 내용이 무관심인지 연구 부족인지 실상을 알 수 없다. 다만 일본에서 공부를 한 성본(性本)스님만이 일본 학자들의 주장을 수용하여 《육조단경(六祖壇經)》이 혜능(慧能)의 저서가 아니라고 밝히고 있을 뿐이다.

득히 일본불교 학사들이 밝혀낸 왜곡된 기록 가운데 대표석인 것은 달마에 대한 행장과 일화다. 우리에게 잘 알려진 달마의 전설적 행적과 양무제와의 대화는 꾸며진 기록이란 것을 분명히 지적하고 있다. 그뿐 아니라 혜가의 단비설을 비롯해 승찬의 신심명(信心銘)도 제자들의 조작에 의한 것이라고 주장하고 있다. 그리고 충격적인 것은 선종의 위대한 인물인 혜능을 '하택신회'의 공작으로 육조에 추대된 것이라고 밝히고 있다. 그리고 육조단경 말고는 혜능을 말할 자료는 없지만, 결국 이것은 허위를 말하는 것이며 허구의 영역을 벗어날 수 없다고 지적하고 있다. 그렇다고 육조단경에 담긴 내용을 부정하지는 않는다. 다만 우리가 역사적 검증없이 선사들의 행장과 전설을 사실로 믿어온 데에서 오는 허탈감이고 국내 불교학자들의 침묵이다. 그리고 종립대학에도 선종사를 연구하는 학자가 없다는 사실에 실망이 앞선다.

선(禪)은 상식과 거짓을 거부한다. 우리가 선종사를 통해 깨달아야 할 점은 어록(語錄)의 작성이든 현창사업이든 모두 제자와 그를 추모한 사람들 손으로 쓰여졌다는 사실과 아울러 스승의 평가 역시 제자들의 능력에 따라 달라졌음을 주목해야 한다. 그래서 공자의 말처럼 후생을 경외할 것이 아니라 두려워해야 할 것이다. 왜냐하면 제자만큼 두려운 존재도 없기 때문이다.

할(喝)과 방(棒)

　중국 선사들 가운데 할(喝)과 방(棒)을 자주 사용한 분이 임제와 덕산선사다. 특히 임제는 황벽에게 90방(棒)을 얻어맞고 깨침을 얻었지만, 그는 훗날 방을 사용치 않고 할을 했다. 그리고 덕산은 중국 선종에서 방으로 상징될 만큼 방망이질을 즐겨했다.
　그는 원래 성격이 거칠었을 뿐 아니라 과격하여 가는 곳마다 불전(佛殿)을 폐지하고 법당만 남겨 두었으며 학자를 다룰 때는 반드시 방망이를 사용했다고 한다. 그러나 임제의 할과 덕산의 방은 깨침을 증득하는 목적에 그 뜻을 두었다. 만약 할과 방이 무생을 체득하는 도구가 되지 못한다면 그것은 일종의 폭력이라 할 수 있다. 특히 할의 아름다운 극치는 마조에서 비롯되고 있다. 그의 고함소리는 우레와 같아 마조선사가 한번 할을 하는데 백장스님은 귀가 먹고 황벽스님은 혀가 빠졌다고 한다.
　할과 방은 이렇게 깨침과 교화를 위한 방편으로 사용되었다. 이러한 깨침의 도구가 이제 선사들에 의해 일반화되고 있다. 특히 주장자(柱杖子)는 인도에서는 늙고 힘없는 사람이 사용했고, 중국에서는 운수납자(雲水衲子)들이 험한 산골짜기를 다닐 때 지팡이로 사용했다고 《벽암록》은 상세히 기록하고 있다. 그렇다면 오늘날 지팡이와 그 뜻이 다를 바 없다.

그리고 깨침의 상징적 도구의 하나인 불자(拂子) 역시 원래는 먼지를 털거나 파리를 잡는 일상적 도구에 불과했다. 이러한 생활도구가 교화를 위한 방편으로 사용되고부터 선승들의 장식용이 되었다. 늙고 병들지도 않고 몸이 쇠약하여 지팡이에 의지하지 않아도 될 건강한 신체적 조건을 지녔으면서 주장자를 들고 다니는 스님들이 늘고 있다.

깨침이 없는 사람에게 지팡이는 단순한 장식용에 불과하다. 그리고 주장자를 화려하게 꾸몄다고 해서 깨침의 도구는 되지 않는다. 장식용으로 주장자를 들고 다니는 스님들은 오구화상 같은 눈밝은 선지식을 피해야 할 것이다. 왜냐하면 굴방(屈棒)의 신세를 면하기 어렵기 때문이다. 굴방이란 맞을 까닭도 없이 맞는 몽둥이를 의미한다. 오구화상은 공연히 얻어맞고 아무 소리도 못하는 운수(雲水)가 있다고 했다.

용서의 말

설두중현은 《벽암록》의 저본이 되는 《송고백측(頌古百則)》을 최초로 편집한 선사이며 벽암록 본칙에 붙인 게송은 선시의 백미로 평가받고 있다. 설두선사는 다른 선사와 달리 해박한 지식과 선(禪)의 직관으로 많은 사람으로부터 존경을 받았으나 임종에 이르러서는 내가 평생에 말을 너무 많이 한 것이 걱정이라고 한 후, 목욕을 하고 입적했다. 해박한 지식을 지녔다 할지라도 누구나 많은 말을 하면 실수를 하게 되고 허물을 남기게 된다. 설두선사는 비록 법도에 맞는 말을 하고 선의 이치에 벗어나지 않은 설교를 했더라도 그것이 훗날 허물이 될 수 있음을 미리 알고 있었다. 실상을 깨달은 사람은 말을 하지 않는다. 왜냐하면 실상은 언어를 떠나있기 때문이다.

말에는 여러 종류가 있다. 사랑과 자비가 담긴 애어(愛語)가 있는가 하면, 정신을 깨닫게 하고 진리를 얻게 하는 진어(眞語)가 있다. 이와 달리 남을 비난하고 음해하는 말이 있는가 하면, 한 입으로 두 말을 하는 기어(綺語)도 있다. 나옹선사는 함부로 다른 사람의 허물을 말하지 말라고 충고하고 있다. 왜냐하면 그 허물이 자신에게로 되돌아와 자신을 손상시킬 것이라고 했다.

입은 재앙을 끌어들이는 문이다. 그리고 입은 몸을 치는 도끼, 나아가 몸을 찌르는 날카로운 칼날이다. 허물과 죄업에서 벗어날 수 있는 것은 참회뿐이다. 누구나 뉘우침을 통해 거듭날 수 있다. 그래서 부끄러워하고 뉘우치는 일이 큰 재산이라고 했다. 바로 그것이 점재(漸財)다. 부처님은 인욕선인 당시 가리왕에게 육신을 찢기는 고통을 당하면서도 그를 원망하거나 미워하지 않았다. 그래서 원한이 맺혀지지 않았고 나아가 그를 용서할 수 있었다. 미운 사람이라고 집단적으로 단죄를 일삼는 일이야말로 큰 죄악이다. 그리고 불교의 구제정신에도 배치된다. 많은 사람을 용서할수록 덕화의 뜻이 넓어진다는 것을 깨달아야 한다. 많은 사람을 미워하여 적을 만들기는 쉬우나 진실로 한 사람을 사랑하며 용서하기는 어렵다. 다른 사람을 비난하는 일이 자기를 해치는 도끼가 된다는 진리를 잊어서는 안 된다.

나눔의 공덕

달마가 양무제를 만나 그의 권위에 걸맞는 대답을 했더라면 운명은 달라졌을 것이다. 그러나 달마는 양무제의 시주에 대해 '공덕이 없다'고 말한 후에 잠적해 버렸다. 양무제가 실천한 절을 짓고 탑을 세우고 불상을 조성한 불사가 비록 공덕은 되나, 그것은 언젠가는 변하고 소멸할 업적이라 공덕이 안 된다고 말한 것이다.

불교에서는 시주에 대해서 까다로운 조건을 달고 있다. 첫째 시물(施物)이 깨끗해야 하고, 둘째 베푼 사람의 마음에 바람이 없어야 한다. 그리고 셋째 받는 마음 역시 시은을 받아 쓸만한 청정함과 공덕이 있어야 한다고 강조하고 있다.

만약 달마에게 뇌물로 받은 돈을 시주금으로 내놓았으면 받지 않았을 것이다. 깨끗한 돈이 아니기 때문이다.

모 도지사 부부가 은행장으로부터 돈을 받고 알선수뢰죄로 구속되었다. 그리고 받은 돈을 돌려 주었다고 법적 논란을 벌이고 있다. 부처님이 생존시 아난존자와 같이 길을 가다가 금덩어리를 보고 '독사 보아라'고 소리친 일이 있었다. 그러나 부처님 뒤를 따라오던 행인은 금괴를 주워 도둑으로 몰려 고문을 받았다. 행인은 누명을 벗을 수 있었지만 독사에게 물린 것보다 심한 고통을 치러야 했다. 그때야 부처님이 말씀한 뜻을 알 수 있었다.

항상 부정한 재물에는 탐욕과 재앙이 개입되어 있다. 그렇다고 부정한 돈을 이웃에게 베풀었다고 선행이 될 수 없다. 물 한 그릇을 나누는 데에도 맑은 영혼과 덕성이 있어야 한다. 아난존자가 걸식을 할 때 굶주리고 있는 할머니에게 숭늉 한 그릇을 얻어먹고 자족한 일이 있었고, 테레사 수녀는 아무것도 소유하지 않았으나 병든 사람들에게 구원의 빛이 될 수 있었던 것은 맑은 영혼을 갖고 있었기 때문이다.

많은 물질을 베푼다고 감동이 커지는 것은 아니다. 이웃을 덕으로 감쌀 때 인간의 뜰은 넓어진다. 오히려 많은 소유는 자기를 속박시킬 수 있다. 그래서 베푼 물건도 깨끗해야 하고, 받는 쪽은 그것을 받아 쓸만한 공덕이 있는가를 헤아려야 한다. 권력쪽에서 일어난 돈의 이야기는 중생을 왜소하게 만들고 있다.

선지식

사람의 인격을 직업의 귀천에 따라 평가할 수 없다. 비록 육체적 노동을 하는 사람일지라도 훌륭한 덕성을 지닌 사람이 있는가 하면 높은 벼슬자리에 앉아 있더라도 인격적으로 흠을 지닌 사람이 있다. 사람을 거느리고 있는 것을 보면 지혜스런 면보다 너그러운 덕성을 지닌 사람쪽에 많은 인재가 모인다. 지혜를 갖춘 사람은 아래 사람의 허물과 결함을 지적하여 시비를 가리지만 덕성을 지닌 사람은 허물을 덮어주기 때문에 사람들이 따른다.

《화엄경》 '입법계품'을 보면 '오삼선지식(五三善知識)'이 등장한다. 우리가 생각하는 선지식은 깨달음을 성취하여 높은 지혜를 갖춘 사람이지만 입법계품에 등장하는 선지식은 객관적인 대상으로 어떤 특정한 계층에 속하는 존재가 아니라 우리가 일상을 통해 만나는 다양한 직업을 가진 사람들이다. 다만 이들은 평범한 사람들과는 달리 직업에 관계없이 중생에게 보리심을 일으켜 주고 삶에 교훈을 준다. 그래서 오삼선지식 가운데에는 보살들의 이름을 발견할 수 없다. 뱃사공, 이교도, 수행자, 의사, 비구와 비구니 심지어 창녀까지 있는데도 말이다.

그리고 이들은 열 가지 덕목을 지니고 있다. 중생이 일체지(一

切智)를 구족하기 위해서는 오삼선지식들이 스스로 수레가 되기도 하고 배와 횃불, 등불이 되기도 한다. 깨침을 이룩하여 전인적(全人的) 인격을 완성하기 위해 중생의 다양한 삶을 체험해야 하는 것이다.

《화엄경》 '입법계품'의 줄거리는 선재동자가 문수보살을 친견하고 오삼선지식을 찾아가는 과정을 묘사하고 있다. 그리고 마지막에 다시 문수보살을 친견한다. 여기서 오삼선지식은 우리가 날마다 만나는 다양한 직업을 가진 사람들이다. 그리고 선지식이란 좋은 벗, 어질고 착한 벗을 가리킨다. 그렇다면 선지식이란 보리심을 발하게 하여 삶의 교훈을 주는 사람이라고 할 수 있다. 그러나 우리 주위에 있는 원로나 도반들은 이러한 지혜와 덕목을 갖추지 못하고 있다. 오히려 자기 뜻을 따르지 않는다고 모함하는 경우도 있다. 인격에 향기가 나는 사람이 그립다.

선의 본질

선은 집착을 거부하고 모방과 흉내를 용납하지 않는다. 그리고 어록에 담긴 내용을 인용하는 것도 허락하지 않을 뿐 아니라 밖에서 스승을 찾는 것도 인정하지 않는다. 자성을 깨닫고 무한한 창조력을 일깨워 내심자증하는 일만을 선의 본질로 삼을 뿐이다. 그래서 선은 선사들의 전유물도 아니고 정해진 해답이 있는 것도 아니다. 오히려 격외선지(格外禪旨)로 인해 정신적으로 혼란스러울 때가 있다. 그리고 가부좌를 틀고 앉아 있다고 해서 선사라고 부르는 것도 아니라고 했다. 사람의 행동 가운데 선의 대기(大氣)와 대용(大用)이 있음을 알아야 한다. 특히 중국 선사들은 부처와 조사에 집착하는 것도 용납하지 않았다. 왜냐하면 부처와 조사에 집착하다 보면 그 속에 속박당하여 자기 본성을 잃게 된다고 했다. 그래서 조사들의 말에 집착하게 되면 꽃을 들어 보인 일이나 빙긋이 웃는 일이 모두 교외자취가 될 것이고, 오직 마음에서 얻을 때만이 온갖 잡담이라도 교외별전의 선지가 될 것이라고 일찍이 서산(西山)스님은 말한 일이 있다.

그래서 선사라고 자부하는 것도 삼가해야 한다. 《벽암록》 제11 측을 보면 선원을 찾아다니는 운수납자들을 신랄하게 비난하고

있다. 이절 저절로 떠돌아다니는 술찌끼에 취한 사람들로 비유하
면서 공밥이나 먹고 시은을 축내고 있다고 모욕적 비난을 하고
있다. 황벽의 이같은 비난을 동의할 수 없을 뿐 아니라 그 시대
납자들에게 한정되어 있더라도 비난의 내용이 너무 원색적이다.
그리고 그는 왜 당나라에는 눈밝은 선사가 없느냐고 한탄했다.
법문을 듣고 있던 대중 한 사람이 전국 사찰에는 다투어 선원을
개설하고 선방마다 납자들이 정진을 하고 있는데 왜 선사가 없느
냐고 반문하자, 황벽은 선(禪)은 우주에 가득차 있지만 눈밝은
선사가 없다고 했다.

　눈밝은 선지식은 예나 지금이나 그리운 존재다. 황벽의 비난은
눈밝은 선지식을 찾는데 있음을 알 수 있다. 사실 우리 주위에는
자기 원음(圓音)을 지닌 선지식이 없다. 그래서 황벽의 법어가 우
레와 같은 할(喝)이 되는 뜻을 알 것 같다.

사람과 정치

역사는 윤회하는 속성을 갖고 있어 똑같은 일들이 되풀이되고, 반복될 때가 있다. 문민정부가 들어섰을 때 사정과 재산등록을 통해 많은 사람들이 권좌에서 물러났는가 하면 부도덕한 인물로 비판의 대상이 된 일이 있었다. 그리고 명예와 부를 함께 누리는 일을 용납하지 않겠다고 하여 돈 가진 사람들이 고개를 숙이고 살아야 했다.

이때 정부의 이런 조치들을 개혁과 사정의 논리로 미화했고, 과거 정권에 몸담았던 사람들을 기득권 세력으로 몰아세우고 그들을 단죄하는 데 열을 올린 사람들이 많았다. 다만 정권창출에 동참했던 사람들과 민주화운동에 앞장섰던 사람들만이 새로운 인물로 평가되고 기득권 세력과 구시대 사람들은 특별한 이유도 없이 죄악시하는 경향이 있었다.

여하튼 정권이 바뀌고부터는 개혁과 사정에 앞장섰던 일부 인사는 반개혁 세력으로 전락하고 부패혐의로 법의 심판을 받는 사람들이 많았다.

그리고 전두환 정권 당시도 사회정화와 정의를 위해 권력을 휘두른 인사들이 정치적 파렴치범으로 역사의 심판을 받기도 했다.

이 모두가 따지고 보면 역사가 우리에게 남긴 인과법칙이고 교훈이다. 비록 새로운 이면과 정치논리가 그 시대를 주도한다고 해도 역사가 바뀌면 재평가받는다는 것을 깨달아야 하고 현재의 개혁세력이 세월이 흐르면 구시대가 된다는 것을 알아야 한다.

사람을 평가하는 데 정치적 논리 하나만으로는 올바르게 평가할 수 없다. 인생의 본질을 깨닫는 일은 학문만이 아니라 반드시 풍부한 경험과 고난을 체험할 때 달관의 안목이 열린다.

그래서 삶에 절망해 본 사람만이 삶을 사랑할 수 있다고 했다. 사람을 존중하지 않은 정치 논리는 분열과 대립만 낳는다. 그리고 젊은 피를 수혈한다고 해서 사람의 본질이 달라지고 세상이 바뀌는 것은 아니다. 먼저 마음이 바뀌어야 사람과 사회가 변화할 수 있다. 정치논리의 잣대로 사람을 평가하는 일만큼 위험한 일이 없다는 것을 깨달아야 한다.

법거량(法擧揚)

　새벽에 창문을 열어 놓으면 먼 산이 다가서고 새소리가 한층 가깝게 들린다. 그리고 나무 앞에 내려앉았던 별빛들이 다시 하늘로 돌아가면 새들이 나뭇가지에 앉아 제 이름을 부르며 울기 시작한다. 이럴 때 가부좌를 틀고 화두를 들면 마음이 집중되지 않는다. 새소리, 바람소리와 함께 자연의 움직임에 마음을 빼앗기고 있기 때문에 생각을 가라앉혀 정신을 집중하기가 어렵다.

　새들이 떠나고 나면 깊은 적막이 엄습한다. 이때 가부좌를 틀고 앉아 있으면 마음은 질서를 따라 평온해지고 화두가 집중된다. 선이란 순수한 집중을 통해 인간 존재의 실상을 자각하는 길인 동시에, 우리가 지니고 있는 존재의 속박으로부터 자유스러워지는 길이다.

　선과 교가 본질적으로 다르지 않지만 모든 조사늘은 한결같이 선은 부처님 마음이고, 교는 부처님 말씀이라고 심천의 차이를 두었다. 특히 선은 자성을 돈오하는 것을 본질로 삼고 깨침과 견성을 강조한다. 혜능스님은 견성을 성불로 파악한 최초의 선사이기도 하다.

　그런데 여기서 우리가 주목할 것은 깨침과 인가(印可)가 스승과 대화로부터 이루어졌다는 사실이다. 질문과 스승의 인가없이는 견성은 확인되지 않았다. 달마로부터 오조 홍인선사에 이르기까지 그리고 육조의 법을 이어받은 모든 선사가 법거량을 통해 깨침을 인정받았다.

임제선사는 황벽선사에게 불교의 근본 뜻을 묻는 바람에 3일 동안 90방망이를 맞는 곤욕을 치른 후에 깨침을 인가받았고, 설봉선사는 덕산스님에게 법을 묻다가 후려치는 주장자에 맞은 후에 깨달았다.

그리고 우리에게 잘 알려진 설두중현선사는 향림선사에게 '한 생각도 일으키지 않았는데 허물이 크다 함은 무슨 뜻입니까' 하고 묻자, 선사가 그를 가까이 오라고 하더니 주먹으로 입을 때리자, 크게 깨쳤다고 한다.

근래 우리 선원에서는 법거량의 전통이 없어지고 납자들의 질문에 답해 줄 눈밝은 선지식이 없다고 한다. 그래서 황벽선사 말씀처럼 선방에 수좌들은 많아도 진실한 선사가 없다는 말이 실감 날 때가 있다.

말

말에 진실이 담겨 있어야 상대가 신뢰하게 되고 말에 대한 가치가 성립된다. 만약 상황에 따라 말을 바꾸고 의미를 달리하게 되면 듣는 사람이 혼란스러워지고 상대를 신뢰하지 않게 된다.

말을 상황에 따라 유리하게 자주 바꾸어서 하는 사람들로 먼저 정치인들을 지목한다. 그만큼 정치적 상황이 급변하고 그에 대처하다 보면 말을 바꿀 필요가 있을 것이다. 그러나 말을 자주 바꾸다 보면, 상대의 인격을 신뢰하지 않게 되고 진실을 기대하지 않는다.

특히 불교는 다른 종교와 달리 말의 의미를 분석하고 그 종류를 분류한다. 망어와 기어 그리고 진어와 애어가 그것이다.

문학 장르에 언어기호학이란 학문의 분야가 있듯이, 불교에서는 산 말과 죽은 말까지 구분한다. 부처님의 열 가시 별명을 보면 말의 비중이 얼마나 중요한가를 엿보게 한다.

부처님을 진어자 혹은 여어자(如語者)라고 한 것은 부처님 말씀이 진실 그 자체이고 진리란 것을 강조하기 위해서이다. 그리고 화합의 공동체를 이룩하기 위해서는 반드시 이웃을 감동시킬 자비스런 말을 사용해야 한다고 했다. 바로 그것이 애어(愛語)다.

물론 사람들이 진실한 말만 하고 사는 것은 아니다. 그 가운데 거짓말을 하는 사람도 있고 한 입으로 두 말 하는 사람도 있다.

그러나 선사들은 종교인이 해야 할 말보다 더 깊은 의미가 담긴 말을 해야 한다고 강조하고 있다. 왜냐하면 선(禪)은 언어를 거부하고 문자에 집착해서는 안 되기 때문이다. 그리고 선은 논리적으로 설명될 수 없을 뿐 아니라 선이라고 말하면 선이 아니기 때문이다. 그래서 산 말〔活句〕과 죽은 말을 구분하고 있다.

서산(西山)스님은 《선가귀감》에서 누구나 할 것 없이 말에 집착하여 '염화미소'를 논하게 되면 그것은 교(敎)가 될 것이고 마음에서 얻으면 세상의 잡담이라도 교외별전(敎外別傳)의 선지(禪旨)가 될 것이라고 했다.

선사들 법어 가운데 자기 목소리가 없고 옛 조사의 말을 그대로 인용하고 있다면 그것은 죽은 말임을 깨달아야 할 것이다.

민심읽기

정부가 등을 돌린 민심을 바로잡기 위해 심각한 고민에 빠져 있다. 그동안 환란위기를 극복하고 정치개혁을 추진하던 청와대와 여당은 고급옷 파문과 더불어 파업 유도 사건으로 자신만만하던 모습이 흔들리고 있다. 그리고 이 사건으로 등장된 화두가 바로 민심이다.

민심은 권력층이 자만에 빠져 있을 때 등을 돌리게 되고, 정부를 신뢰하지 않게 된다. 그렇다고 민심을 읽는 정보기능이 없는 것도 아니다. 국가의 정보기관은 세상 돌아가는 상황을 낱낱이 분석하여 보고하고 있다. 민심을 제대로 읽지 못한 것은 이 보고체계에 문제가 있었든지, 참모들이 직언을 하지 못한 데서 비롯된다.

《법화경》 '보분품'을 보면, 관세음보살이 다른 보살과 달리 다양하고 독특한 신앙적 기능을 갖고 있음을 밝히고 있다. 즉 천수천안과 32응신·11면이 관세음보살만이 갖고 있는 독특한 신앙적 기능이다. 몸을 서른두 가지 모습으로 자유자재하게 변화시킬 수 있고, 세상의 민심을 읽고 파악하기 위해 천 개의 눈을 갖고 있다.

이것을 국가에 비유하면 정보기능에 해당된다고 할 수 있다. 그리고 고통받는 중생을 제도하기 위해 천 개의 손을 갖고 있다.

바로 이것이 실천적 기능이다. 그래서 그의 명호만 부르면 어느 곳에나 몸을 나투어 고통에서 구제한다. 관세음보살의 이러한 전능적 기능은 오늘의 절대권력자가 대부분 갖고 있다. 다만 그 기능이 조직을 통해 움직이고 있는 점이 다를 뿐이다. 이렇게 열린 눈과 귀를 갖고 있으면서 민심을 똑바로 읽지 못한 이유는 자만이다. 사람은 누구나 독선적으로 자만에 빠지게 되면 주위의 소리를 듣지 못하게 된다. 그리고 어느 지도자를 막론하고 자비스러워야 백성을 감동시킬 수 있고, 비판을 겸허하게 받아들일 때 국민의 신뢰를 얻을 수 있다. 옛사람들은 너그럽고 관대한 자세를 보일 때 등을 돌린 민심이 바로서게 된다 했다.

지금은 관즉득중(寬則得衆)의 정신을 깨달을 때다. 종단의 지도자들도 바른 말하는 사람을 가까이해야 할 것이다.

부처와 중생의 거리

불교는 다른 종교와는 달리 부처님에게 집착하거나 안착하는 데 부정적이고 비판적이다. 그리고 부처님을 의지하거나 믿는 수준에만 머물러 있는 것도 올바른 신앙행위가 아니라고 중국 선사들은 비판했다.

중국 선사들이 창조해낸 사유체계는 부처님 가르침을 통해 자성을 증득하고 돈오하는 데 높은 가치를 부여했다. 그러니까 부처님에게 의지하는 의타(依他)신앙을 싫어했고, 반면 자성을 깨쳐 스스로 부처가 되는 데 교리적 역점을 두었다. 그리고 부처님에게 의지하고 집착하는 것도 경계했고, 그럴듯한 요식을 갖춘 신도보다는 먼저 사람이 되고 견성을 해야 한다고 강조했다.

따지고 보면 진실한 종교인은 자기가 믿는 교주(教主)에 안주하지 말아야 한다. 종교의 진수를 체험하려면 먼저 종교로부터 자유스러워져야 한다. 중국 선사들은 불교의 진수를 체험하기 위해 부처까지 부정하는 몸부림치는 고뇌가 있었음을 발견할 수 있다. 운문스님은 부처님을 몽둥이로 후려친다는 무례한 말을 했는가 하면, 임제선사는 부처를 만나면 부처를 죽이고 조사와 보살, 나한을 만나면 모두 죽이라고 했다.

여기서 죽이라는 말은 살생을 의미하는 것이 아니라 집착을 말라는 뜻이다. 그리고 임제선사는 누구나 할 것 없이 부처를 구하면 그 사람은 반드시 부처를 잃을 것이고, 도를 구하면 도를 잃게 될 것이라고 했다. 부처에게 얽매이지 않고 자신을 잃지 않기 위해 자기탐구의 정진을 계속한 것이다. 집착을 하면 법도를 잃고 한쪽으로 치우치게 된다. 그래서 '부처님이 누구냐'고 묻는 제자를 향해 백장선사는 '묻는 그대는 누구냐'고 반문했다.

오늘날 종교인은 지나칠 정도로 자기가 믿는 교주와 교리에 얽매여 자기를 잃고 있다. '부처님 오신 날' 행사가 축하 분위기로만 끝나서는 안 된다. 그분이 사바세계에 오신 뜻을 되새기고 자기를 되돌아보는 시간이 되어야 한다. 따지고 보면 부처님은 오고 감이 없는 진여의 존재다.

자기의 불성을 갈고 닦지 않으면 중생과 부처의 거리를 좁힐 수 없음을 깨달아야 한다.

세간에서 못 보는 선사의 진면목

　명성을 떨친 선사들을 보면 개성과 수행력에 따라 존재의 빛깔
이 달라지고 독특한 가풍이 형성되었음을 알 수 있다. 황벽과 임
제선사는 방(棒)과 할(喝)로 수행자를 깨우쳤고 운문과 덕산스님
은 악담(惡談)으로 이름을 날렸다. 반면 설봉선사는 깨침을 성취
하고 있었지만, 일생 동안 짚신을 팔아 어머니를 봉양했고 항상
공양주를 자청하여 스스로 자기를 낮추었다. 방장의 지위를 주어
도 사양하고 권위있고 존경을 받는 자리는 항상 양보했다. 그렇
다고 선사의 덕망을 외면하거나 공양주를 한다고 해서 낮은 신분
으로 대하지 않았다. 다만 명리가 있는 자리는 자신을 더럽힐 수
있다고 생각했기 때문에 사양을 한 것이다. 바로 이러한 점이 선
사들의 개성이고 수행정신이라고 할 수 있다. 조선시대 희언(熙
彦)스님은 언제나 궂은 일을 도맡아 하면서 일생 동안 가사 한 벌
과 발우 외에는 아무것도 소유하지 않았다. 그리고 존경받는 일
을 스스로 멀리하면서 임종에 이르러서는 제자들에게 유언했다.
　"내 육신을 불에 태우지도 말고 그냥 산이나 들에 버려 짐승들
의 요깃거리가 되게 하라."
　그리고 선사가 일생 동안 살았던 수행정신이 임종게에 그대로

나타나 있음을 볼 수 있다.

공연히 이 세상에 와서
지옥의 찌꺼기만 만들고 가네.
내 뼈와 살을 저 숲속에 버려두어
산짐승들 먹이가 되게 하라.

일생 동안 궂은 일을 도맡아 했고, 존경받는 일을 멀리했던 희언선사는 지옥의 찌꺼기만 만들고 간다고 자신의 모습을 솔직하게 참회하고 있다. 조계종 8대 종정을 역임한 성철스님도 살아계셨을 때 많은 사람들로부터 존경받은 것과는 달리 임종게를 통해 다음과 같이 말했다.

"한평생 사람들을 속였으니 그 죄업은 하늘에 넘친다."

많은 사람들은 이러한 스님의 진실한 면모 앞에 고개를 숙였다. 그리고 성철스님은 종정 추대식에 법어만 보내고 자신은 참석치 않아 세상사람들의 이목을 더욱 집중시켰다. 그러나 요즈음 신도들은 높은 지위에 있는 스님들을 존경하는 경향이 있을 뿐 진면목을 보는 안목은 없는 것 같다.

지혜로운 자의 인격

아집과 교만으로 자신을 높이지 말라고 옛 조사들은 지적하고 있다. 그리고 많은 지식을 습득했다고 인격이 높아지는 것도 아니고 살아있는 지혜 앞에서는 부질없는 일이 된다는 것도 가르치고 있다.

중국의 최고 문장가라고 자부한 소동파 역시 승호선사의 말 한마디에 기세가 꺾인 일이 있었다.

그가 승호선사를 처음 만났을 때 '성(姓)이 무엇이냐' 고 묻자, 소동파는 '칭가' 라고 서슴없이 대답했다. 칭이란 상대를 저울질한다는 의미다. 승호선사는 우레같이 소리를 지르고 난 후, 이것이 몇 근이나 되느냐고 반문했다. 소동파는 아무 대답을 하지 못했다.

살아있는 지혜를 가진 사람일수록 교만하지 않고 겸손하다. 한 가지 일에 몇십 년 종사한 사람들은 그 분야에 경륜과 안목을 갖추고 있어야 하고, 지식과 지혜를 공유하고 있어야 한다. 특히 출가자는 수행을 통해 깨달음의 안목을 가지고 있어야 할 뿐 아니라 살아있는 지혜도 구족해 있을 때 중 냄새가 난다.

여기서 중 냄새란 '수행의 향기'를 뜻한다. 그러나 겉모양만 출가자의 위엄을 갖추고 내면적으로 수행을 통해 갈고 닦은 알맹이가 없다면 진실한 출가자라고 할 수 없다.

나옹스님은 겉모습은 출가자 같으나, 아무것도 얻은 바가 없다면 썩은 배와 같다고 지적했다. 나무도 바탕에 따라 아름다운 꽃을 피운다. 몇십 년 수행을 했다면 견성(見性)을 앞세우기 전에 인격에서 배어나오는 향기가 있어야 한다. 그리고 말과 생각이 깨달음과 일치해야 한다.

만약 승복을 걸치고 내면적으로 깨달음이 없다면 나옹스님 지적처럼 썩은 배와 다를 바 없다. 높은 지위에 오른 큰스님일수록 자기 자신을 저울질해 보아야 한다. 견성의 체험도 없고 살아있는 활구(活句) 한 마디도 할 수 없다면, 먼저 불조(佛祖) 앞에 부끄러워하고 높은 자리에 오르지 말아야 한다. 그리고 문중의 지지를 받더라도 자기 분수를 알고 존경받는 일을 사양해야 한다. 서산스님은 '가사입은 도둑들이 불교의 근본을 그르치고 있다'고 비판한 일이 있다. 인격의 향기를 맡고 싶은 봄이다.

왜 사바세계인가

우리가 살고 있는 세계를 불교에서는 사바세계 혹은 오탁악세 (五濁惡世), 화택(火宅)이라고 부른다. 모든 고통을 참고 살아갈 수 있다고 하여 인토(忍土)란 의미를 갖고 있으며, 욕망과 더불어 더러움으로 물든 세상이라 하여 오탁악세라고도 한다. 그리고 불이 타고 있는 집과 같다고 하여 화택으로 비유되기도 한다. 그렇지만 고통을 참고 견디며 살아갈 만한 세상이라고 해석한 사바의 의미가 적합한 단어인 것 같다. 그리고 이 사바세계를 욕계라고 분류한다. 욕망이 가득한 세계란 뜻이다. 욕망은 인간이면 누구나 갖고 있는 원초적 본능이다. 사바의 삶은 욕망에서 출발하고 고통과 슬픔 역시 욕망에서 비롯된다. 그러나 욕망이 탐욕으로 변해 버리면 패가망신의 화근을 자초한다.

요즘 화젯거리는 고관집 논과 보석을 훔친 도둑의 이야기뿐이다. 돈과 보석을 털린 사람들의 이력을 보면 장관, 도지사, 경찰서장 등이다. 우리 사회에서 권력을 갖고 있는 계층이고 현 정부의 실세들이다. 그리고 물건을 훔친 범인의 이야기를 들으면 만화의 한 장면을 보는 것 같아 실소를 금할 수 없다. 돈을 냉장고에 둔 사람이 있는가 하면 김치독에 두었다는 자체가 평범한 시민의 입장에서는 납득이 잘 가지 않는다.

범인은 삭막한 사회에 호기심과 카타르시스를 만들어 주고 있다. 근대 고승 혜월스님은 절에 도둑이 쌀가마를 지고 법당 주위를 돌고 있을 때, 등을 밀면서 빨리 절을 떠나게 하고 격려를 했다고 한다. 혜월은 도둑을 잡는 데 신경을 쓴 것이 아니라 격려를 한 것이다. 그러나 도둑은 끝내 쌀가마를 지고 가지 못하고 혜월 앞에 무릎을 꿇었다고 한다.

부처님은 아난존자와 함께 길을 가다가 길가에 있는 금덩어리를 보고 '독사(毒蛇) 보아라'고 소리를 쳤다고 한다. 물건을 훔친 사람과 잃어버린 사람이 독사에 물린 심정일 것이다.

선사들의 자재함

　선사들은 개성에 따라 수행의 빛깔이 달라진다. 인자함으로 일생의 가풍(家風) 삼은 선사가 있었는가 하면 할(喝)과 방(棒)으로 선기(禪機)를 삼은 수행인도 있었다. 특히 운문(雲門)은 부처님에게 살의를 보인 내용으로 화두를 삼는 격렬한 개성을 갖고 있었는가 하면, 덕산(德山)은 부처와 조사를 비하하고 가장 더러운 것에 비유하는 야성(野性)을 드러내 보이기도 했다. 그리고 황벽(黃檗)과 임제(臨濟)는 사제 사이인데도 서로 뺨을 후려 갈겨대는 무례함을 남기고 있다.

　새로 종정으로 추대된 혜암(惠庵)스님은 장좌불와(長坐不臥)의 독특한 수행가풍을 갖고 있다 한다. 거기다가 호랑이와 눈싸움을 통해 맹호를 물리쳤다는 일화가 있는가 하면, 파사현정에 앞장서는 정의로움을 갖고 있다고 소개하고 있다.

　몇 년 전 성철스님이 종정으로 추대되어 스님의 수행가풍과 법어가 많은 사람에게 회자되어 화제가 되고 카리스마적 존재로 부상한 일이 있었다. 독학으로 영어와 불어를 능숙하게 구사한다는 부분과 눕지 않고 십년 간 공부했다는 사실, '산은 산이요, 물은 물이로다'의 법어가 성철불교를 형성하게 되었다.

종교인은 누구나 인간의 능력으로 도달할 수 없는 경지에 이르렀을 때 신비한 분위기가 형성된다. 호랑이와 눈싸움을 했다는 일화가 전해지는 혜암스님이 그래서 요즘 세간에 화제의 인물이 되고 있다. 장좌불와를 한 중국의 최초의 선사는 도신(道信)스님이라고 한다. 60년 동안 장좌불와를 했다고 하니 일생 동안 자리에 눕지 않고 정진을 한 것이다.

효봉스님도 정진을 계속할 때는 엉덩이에서 살점이 빠져나가고 살이 썩었다고 한다. 도신은 60년의 장좌불와를 통해 3조 승찬의 법을 이어받고 4조가 되었다. 그리고 당 태종의 부름을 받고도 거절했는가 하면, 서울로 오지 않으면 목을 베겠다고 왕명을 내렸으나 도신은 끝내 가지 않았다. 지금은 용무생사의 자재함을 보이는 선사가 기다려지는 시대다.

출가 수행자의 당당함

옛 조사들의 행장을 보면 권력과 야합하여 영화를 누린 사람이 있는가 하면, 절대권력을 가진 왕의 부름도 거절하고 수행에만 전념한 선지식들도 있었다. 특히 국사(國師)로서 성공한 분은 혜충 국사(慧忠國師)라 할 수 있다. 그는 정치적 자문에도 뛰어난 기량을 보였을 뿐 아니라, 선지식으로도 뛰어난 안목을 갖고 있었다.

승조선사(僧肇禪師)는 왕의 부름을 거절한 이유로 목숨을 잃기도 했다. 특히 고려의 진각선사(眞覺禪師)는 출가 전 사마시(司馬試)에 합격되어 출세가 보장되었으나 벼슬길을 포기하고 수행에만 전념했다. 그리고 최씨 정권의 부름이 몇 번 있었으나, 끝내 응하지 않았을 뿐 아니라 도성 안에도 발길을 들여놓지 않았다. 그는 최충헌의 집권세력과 가까운 혈통이었으나, 권력을 의지해 신분의 영화를 누렸다는 훗날의 누명을 남길 수 있음을 예측하고 도성 안에 발길을 들여놓지 않았던 것이다. 그리고 스승 보조국사(普照國師)의 지극한 애정을 받았으나 스스로 개안(開眼)과 견성을 체험하지 않고는 득도치 않았다는 서원을 보이기도 했다.

보조국사가 진각을 얼마나 애지중지했는가는 다음의 글귀에서 알 수 있다.

"내 이미 너를 얻었으니 죽어도 한이 없으리라. 너는 마땅히 불법을 펴는 일을 스스로의 임무로 생각하고 본래의 소원을 바꾸는 일이 없도록 해라."

진각선사는 스승 보조국사가 입적한 후, 수선사(修禪社) 3세가 되었다. 국사라는 칭호는 그가 세상을 떠났을 때 왕으로부터 받은 '시호'에 불과하다. 그렇다고 진각이 무신정권의 혜택을 받지 않은 것은 아니었다. 최우(崔瑀)에게 금루가사(金縷袈裟)를 하사받기도 했다. 그러나 진각은 집권세력과 일정한 거리를 두며 산속에서 살았다. 원시불교 당시 부처님은 제자들에게 출가신분으로 신하가 되는 일이나 권력을 가진 자에게 아첨을 말라고 했다. 그래서 부처님은 왕위를 버리고 삼계에서 가장 훌륭한 스승이 된 것이다.

참회와 용서가 갖는 힘

사문에게 참회라는 방법이 없었다면 새롭게 태어나는 길이 막혀 버렸을 것이다. 출가자는 어느 누구를 막론하고 완전한 깨달음을 이룩하여 전인적 인격체를 완성하기까지는 업력에서 자유스러울 수 없기 때문이다. 삶은 업력의 연속이며 끝없는 인연을 만들어간다. 선연과 악연을 통해 공덕과 죄업을 쌓아간다. 그리고 업력에 속박당하면 누구나 업보를 피할 수 없다. 이런 업력을 해소하기 위해 부처님은 제자들에게 참회를 강조했다. 참회는 자기 허물을 꾸짖고 뉘우치며 다시는 그와 같은 일을 되풀이하지 않겠다는 서원이기도 하다. 참회가 있었기 때문에 세속적 죄업을 소멸할 수도 있었으며, 많은 제자들을 둘 수 있었다. 그리고 계율도 처음부터 부처님이 설한 것이 아니다. 많은 제자가 집단 생활을 하다가 교단과 사회적 피해를 입힌 일을 저지르거나 윤리와 도덕적으로 용납할 수 없는 범행이 인정되었을 때 과오를 방지하기 위해 그때 그때 계를 설했음을 알 수 있다.

출가자는 남의 잘못을 보고 단죄하기보다 먼저 용서를 해주는 미덕을 가져야 한다. 그리고 인과적으로 볼 때 출가자는 단죄할 입장에 서 있지 않다. 왜냐하면 자신도 허물에서 자유스러울 수 없기 때문이다. 더욱이 불교적 가치는 중생을 구제하는 데 있다. 구제가 사회적 가치로 인정받는 이유는 차별을 두지 않는 데 있으며 용서와 자비를 바탕으로 하고 있기 때문이다. 따지고 보면 중생의 삶은 신·구·의 삼업을 짓는 행위에 불과하다. 만약 보살에게 중생구제의 사명이 없었다면 평범한 출가자와 다를 바 없었을 것이다. 보살의 구제가 있기 때문에 지옥중생들이 이고득락의 희망을 갖는 것이다. 동료 사문에게 무거운 단죄보다 참회의 길을 열어주는 미덕을 가질 때다.

눈밝은 선지식이 없다

눈밝은 선사들은 절 짓고 조불조탑(造佛造塔)하는 불사보다 사람 키우는 일에 열정을 쏟았는가 하면, 큰 절보다 깊은 산 초옥(草屋)같은 암자에 주석하기를 좋아했다. 그리고 사랑하는 제자일수록 사판(事判)의 일꾼으로 키우지 않고, 화두를 참구하는 납자가 되게 했다. 그만큼 견성과 증오(證悟)를 중요시한 것이다. 모양만 사문이고 속마음은 수행과 거리가 있으면 속인과 다를 바 없다고 질책했다.

깨침을 인가하는 데도 인색했다. 제자와 문중을 가리지 않고 확철대오가 아니면 인가를 거부했고, 한 산중의 방장이 되고 조실이 되는 것도 허락하지 않았다.

그런데 여기서 한 가지 주목해야 할 부분은 눈밝은 선지식들이 한결같이 사교입선(捨敎入禪)의 수행방법을 선택했다는 점이다. 먼저 경을 배우고 선을 통해 내심자증(內心自證)의 경지에 도달한 것이다.

그래서 학문적으로도 뛰어난 안목을 지니고 있었다. 한 마디로 경전에 통달해 있었다. 특히 근대 선종의 중흥조이신 경허스님은 10대 때에 동학사에서 만화강백으로부터 일대시교를 배우고, 20

대 초반에 뛰어난 강사가 되었고, 콜레라라는 병에 걸린 후 경전
을 버리라고 입실참구한 후 깨침을 증득했다.

그는 깨침을 얻는 그 순간 오늘날 수행자들이 귀담아 들어야
할 할(喝)을 했다.

"사방을 둘러보아도 사람이 없구나."

여기서 사람이란 평범한 사람이 아닌 깨침의 목소리를 알아들
을 수 있는 눈과 귀를 가진 사문이다.

올해 90세를 바라보는 관응 큰스님도 경허스님과 비슷한 말씀
을 했다. 각 산중에는 눈밝은 선지식이 없고, 중 마음 가진 후학
들이 눈에 보이지 않는다는 것이다. 한국불교의 가장 큰 문제점
을 지적하여 눈이 번쩍 띄었다. 눈밝은 선지식이 없어 주위가 적
막한데 중 마음 가진 후학들이 보이지 않는다는 말씀은 오랫동안
뇌리를 떠나지 않았다.

중 마음이란 삼보가 지녀야 할 지혜와 덕을 말한다. 그렇지 않
아도 요즘 젊은 스님들은 불교적 이론보다 사회학적 이론에 경도
되어 있다. 그리고 큰 절에는 스님들이 많이 거처하지 않는다. 그
래서 요즘 절 집안이 삭막한 것 같다.

절집의 접대 방법

　원시경전을 보면 부처님은 출가자에게 특별한 주문을 하고 있음을 발견할 수 있다. 출가자는 왕이나 위정자에게 먼저 절을 하지 말고, 신하가 되지 말라고 강조하고 있다.

　물론 이와 같은 가르침이 문학적 배경이 다르고 권력체계가 다른 나라에까지 적용하기 어렵겠지만, 한 번쯤은 그 의미를 되새겨볼 만하다. 왜냐하면 절을 찾아오는 귀빈을 접대하는 의전과 예법이 있어야 하기 때문이다. 특히 조주선사는 찾아오는 방문객을 접대하는데 사회적 신분에 따라 손님을 모시지 않고 정신적 능력에 따라 영접의 방편이 달라지고 있음을 보여주고 있다.

　어느날 벼슬이 높은 왕공이 조주선사를 찾았다. 조주는 앉은 채 왕공을 맞았다. 다음날 왕공은 자신이 데리고 있던 장군을 보냈다. 조주는 황급히 자리에서 일어나 그를 마중했다. 이때 시자가 조주에게 물었다.

　"전일 왕공이 방문했을 때는 스승께서는 일어나지 않더니, 오늘은 장군을 보시자 황급히 일어나 영접을 했는데 특별한 이유라도 있습니까."

　"그건 자네가 이해하지 못한 것일세. 일급 귀빈이 오면 앉은 채

영접하고 보통사람이 오면 일어나 맞으며, 말단의 사람이 오면 문 밖까지 나아가 맞아들이는 걸세."

조주선사의 대답이다. 조주선사만이 갖고 있는 손님 영접 방법이었다.

언젠가 해인사를 방문한 오부치 일본 총리를 위해 해인사는 주지를 비롯해 원로와 중진까지 문 밖에서 그를 영접했다. 조주선사의 손님 접대 방법으로 생각해보면 이쉬운 점이 남는다.

왜냐하면 일본에서는 큰절 주지를 만나기 위해서는 며칠 전부터 부탁을 해야 할 뿐 아니라 절문 앞에서 기다리는 법이 없기 때문이다. 그리고 비록 팔만대장경이라는 우리의 위대한 문화유산을 소개하는 계기가 되었지만, 산중 선지식을 만날 수 있는 일정이 없어 더욱 아쉬움이 남는다. 그는 문화만 보고 불교의 진수를 체험하지 못했기 때문이다.

사람에 대한 겉치레 평가

　사람에 대한 평가는 겉모양을 보고 하거나 높은 지위만 보고 해서는 안 된다. 겉모양이 화려해도 속물적인 면을 가진 사람이 있고, 지위가 높은 사람도 교만함을 버리지 못한 사람들이 우리 주위에는 많다. 그리고 정치적 경력이 화려하다고 해서 훌륭한 인격자라고 말할 수 없다.

　신라의 효소왕(孝昭王)은 사람을 보는 안목이 뛰어났지만, 실수를 한 일이 있었다. 그가 망덕사(望德寺)를 세워 낙성회를 열 때 친히 법회에 참석했다. 그때 초라한 납의를 입은 비구가 왕에게 자기도 그 법회에 참석하고 싶다고 청했다.

　왕은 비록 떨어진 누더기를 걸친 비구였지만, 그 청이 너무 간절하여 말석에 앉도록 했다. 법회가 끝날 무렵 왕은 그 비구를 향해 밖에 나가거든 사람들에게 국왕이 참석한 법회에 동참했다고 말하지 말라고 당부했다. 왜냐하면 왕의 체통을 생각했던 것이다. 이 말을 들은 비구는 웃으며 청했다.

　"폐하께서도 다른 사람에게 진신 석가를 친견했다고 말하지 마시오."

　보삼장(寶三藏)은 어느날 일왕사에서 다회가 열린다는 소식을 듣고 참석하려고 했다. 그러나 그는 문지기에 의해 거절당하고 말았다. 옷차림이 너무 남루했기 때문이다. 그는 하는 수 없이 옷을 갈아입고 문지기 앞에 나타나서야 다회 참석을 허락받았다. 다회에 참석한 보삼장은 음식을 먹지 않고 자기 옷에다 쏟아버렸다. 사람들이 그 이유를 묻자, 그가 한바탕 웃으며 말했다.

"이 옷 때문에 이 자리에 앉을 수 있었으니 마땅히 이 의복이 음식을 먼저 먹어야 한다."

지금도 호텔문을 출입하는데 남루한 옷을 입은 사람은 제한을 받는다.

보삼장은 옷으로 사람을 판단하는 사람들을 깨우쳐 준 것이다. 그리고 그들은 사람을 부른 것이 아니라 옷을 초대한 것과 무엇이 다르냐고 면박을 주었다. 사람을 인격적으로 평가하는 안목이 없으면 가치의 전도는 어느 곳에서나 일어날 수 있다. 겉모양이 화려하고 지위가 높다고 해서 훌륭한 인격자는 아닌 것이다.

육신이 썩어 꽃이 되는 섭리

마음이 진리의 원천이라고 원효스님은 《기신론소(起信論疏)》를 통해 밝히고 있다. 비록 마음이 일체를 조작하는 능력을 가졌다 할지라도 근원을 깨닫지 못하면 무명(無明)에 따라 행동을 하게 된다. 그래서 원효스님은 무명 때문에 마음의 근원을 잃게 되고 육도를 스스로 지어 윤회하게 된다고 했다. 그러니까 죽어서만이 지옥에 가고 축생과 아귀가 되는 것이 아니라, 생존을 통해서도 짐승보다 못한 행동을 할 때가 있다. 사람이 사람의 도리를 못할 때 우리는 짐승보다 못하다는 말을 하게 된다. 어느 재벌 부친의 무덤을 파서 유골 일부를 탈취하여 돈을 요구한 범죄야말로 사람이 할 짓이 아니다. 범인은 무덤 속에 많은 보석이 매장되어 있을 것같아 무덤을 팠다고 진술했다.

돈과 권력을 가진 사람들은 죽은 사람을 위해 명당을 찾고 호화분묘를 만든다. 조상을 위한 효도라고 말하기에는 납득하기 어려운 부분이 많다. 매장과 화장은 생각하기에 따라 그 의미가 달라진다. 고(故) 최종현 회장은 가족들이 명당을 찾고 호화분묘를 쓸 가능성이 있음을 알고 시신을 화장해 달라고 유언을 남겼는가 하면, 중국의 최고 권력자인 등소평 역시 화장을 해 달라고 유언을 하면서 남은 재를 양자강에 뿌리고 일부는 자기집 앞에 있는 사과나무에 뿌려 달라고 했다. 따지고 보면 육신은 소멸할 허망한 존재다. 그래서 불교에서는 육신을 홀대하고 버리고 갈 가아(假我)라고 치부해 버린다. 특히 중국 선사들은 임종에 다다라 깊은 산속으로 들어가 입적한 후에 육신은 산짐승들의 요깃거리가 되게 했고, 경허스님은 명당을 봐달라는 상주들의 부탁을 받고 썩고 없어질 고깃덩어리에게 명당이 필요하느냐고 면박을 준 일이 있다. 생명의 본질을 깨달은 사람일수록 육신에 대한 애착을 버린다.

그리고 육신은 흙으로 돌아가고 만다. 생명의 본체는 진아(眞我)다. 진아는 다시 생성되거나 소멸해 없어지지 않는다. 육신이 흙이 되어 꽃으로 다시 태어나는 우주 섭리를 깨달을 때다.

용서할수록 덕화는 더 커지는 것

사람의 잘못을 용서하는 데는 먼저 인욕이 있어야 하고, 자애스런 덕성이 있어야 한다. 종교적 가치가 세속적 가치보다 우월하다는 것은 잘못을 용서하고 화해하는 정신이 있기 때문이다. 용서와 화해가 없다면 중생구제는 이루어지지 않을 것이다. 그리고 여기에는 끝없이 인간을 사랑하는 지극한 자비가 있어야 한다. 만약 종교적 삶에 자비와 구제가 없다면 세속적 문화로 전락하고 말 것이다.

그러나 요즈음 종교인들의 마음에 사람의 잘못을 용서하고 구제하는 마음이 있을까. 세속인들과 같이 응징적 자세를 취하고 있는 모습이 안타깝기도 하다. 인욕과 자애를 발견할 수 없다. 만약 부처님에게 인욕과 자애가 없었다면 가리왕을 용서하고 화해하지 못했을 것이다. 그래서 부처님은, 원한은 결코 원한으로 해결되지 않는다고 했다. 가리왕을 용서했기 때문에 원한을 남기지 않았다. 그리고 용서와 화해의 가치는 살인마 앙굴마를 출가시킬 수 있었다. 만약 앙굴마의 죄를 물었다면 그는 출가하지 못했을 것이고 구제받지 못했을 것이다.

남을 용서한다는 것은 새롭게 태어나는 기회를 주는 일이요,

자기 회복의 개안을 주는 일이다. 그리고 많이 용서할수록 덕(德)
의 그늘이 넓어진다는 것을 알아야 한다. 그러나 인욕이 없으면
남을 용서하는 마음을 열지 못한다. 혜가스님에게 심인(心印)을
전수받은 승찬선사는 문둥병에 걸린 환자였다. 그는 손발에 고름
이 낭자할 정도로 병이 심했다. 그래서 혜가스님에게 자신의 죄
업을 참회받을 수 있느냐고 물었고, 혜가스님은 그 죄업을 내놓
으라고 반문했다.

만약 오늘날 그가 출가를 하고자 했다면, 끝내 허락받지 못했
을 것이다. 불교는 죄의 본질이 존재치 않는다고 주장하는 종교
다. 그리고 사람의 잘못은 참회를 통해 구제받을 수 있고 새로운
인격으로 다시 태어날 수 있다. 먼저 자기 허물을 뉘우치는 사람
만이 상대를 용서할 수 있다.

장식없어 한층 아름다운 산천

겨울 산천이 본체를 드러내고 있다. 스스로 장식을 제거하고 뼈대를 노출시키고 있어 한층 아름답다.

더욱이 올해는 눈이 내리지 않아 겨울산이 건조하고 삭막한 분위기마저 든다. 방문을 열고 산을 바라보면 우뚝우뚝 서 있는 산뼈들이 다가서는 것 같다. 그리고 차가운 침묵과 고요가 엄습한다. 가부좌를 틀고 앉아 있으면, 마음속에 번뇌들이 빠져나가고 산속에 숨어있던 때묻지 않은 고요가 찾아든다.

그리고 삼라만상의 숨소리가 들린다. 그것은 생명이 움직이고 있음을 깨닫게 하는 일이었다. 우주는 하나의 생명체다. 비록 개체는 각기 다르지만 본질적으로 본다면 생명체는 차별이 있을 수 없다. 마음을 비우고 사유(思惟)를 맑히니 자연과 하나가 된다.

바로 이것이 무아의 경지다. 나라는 생각을 버리고 자연과 하나가 될 때 마음속에 갈등이 사라진다.

수행인이 마음을 다스리지 못하고 환경에 이끌려 본래 자아를 잃어버리면 하루에도 수십 번씩 삼악도(三惡道)의 삶을 살아야 한다. 사람들은 애착이 가는 물건을 관리하는 데 특별한 관심을 보이지만, 자신의 마음을 다스리는 데는 지나칠 정도로 소홀하다.

옛 수행인들은 마음의 근원을 깨닫기 위해 밤낮을 헤아리지 않고 용맹정진을 했고 가부좌를 틀고 앉으면 엉덩이에 살점이 빠져나가는 것도 몰랐다고 한다. 그만큼 근원을 깨닫고 증득하기 위해 피나는 헌신을 한 것이다.

그래서 선은 항상 창조적이어야 하고, 모방을 싫어했다. 중국 임제선사는 부처를 찾으면 부처를 잃게 되고, 조사(祖師)를 찾으면 조사를 잃게 된다고 했다. 집착을 거부한 목소리로 이만큼 크고 신선한 발언도 없을 것이다.

고려의 나옹선사는 본래의 자아를 일깨우기 위해 아침마다 '주인공!' 하고 소리를 쳤다고 한다. 세상 일에 자기를 빼앗기지 않기 위한 노력이라고 할 수 있다.

우리는 순간순간 실종당하고 있음에도 그것을 모르고 살고 있다. 자기를 깨닫는 사유와 정진이 없기 때문이다. 눈과 비가 기다려지는 삭막한 겨울이다.

역사의 인과법칙

권력에는 역사의 인과가 따른다. 그리고 인과에 따라 인생의 부침(浮沈)이 이루어진다. 권력을 잡았을 때는 벚꽃처럼 화려한 삶을 살다가 권력을 놓고 나면 국민의 지탄을 받는 사람도 있고, 단죄의 과보를 받는 사람도 있다. 이러한 역사적 삶은 우리 정치사에서 극명하게 잘 드러나고 있다. 5공(五共)과 6공(六共)의 전직 대통령이 단죄의 인과를 치렀는가 하면, 문민정부의 책임자도 환란청문회에 증인으로 채택되어 시련을 겪고 있다.

그러나 여기서 한 가지 혼란스럽고 가치판단의 혼선이 생기는 것은 그 당시 국민을 향한 슬로건이라 할 수 있다. 5공 당시에는 사회정의를 위해 정화(淨化)를 앞세웠고, 문민정부 때는 역사 바로세우기와 개혁(改革)을 앞세워 국정을 이끌었다.

그런데 결과는 사회정화(社會淨化)를 앞세웠던 사람들이 오히려 역사와 국민의 이름으로 단죄를 당하는가 하면, 개혁(改革)을 주장하던 사람들은 오늘날 반개혁적 인사로 국민의 지탄을 받고 있다. 바로 이것이 우리 헌정사의 역사적 인과이고, 정치적 과보라 할 수 있다.

옛날 현명한 군주(君主)들은 국민들을 항상 너그러운 덕량으로 다스려 민심을 얻었다. 그리고 백성들에게 부끄러움이 무엇인가를 깨우쳐 주었다. 염치의 철학을 알았던 것이다. 염치를 아는 사람일수록 국민을 거울로 삼아 염치없는 행동은 자제한다. 그래서 옛 선비들은 벼슬이 높아지면 몸을 백성을 향해 더욱 낮추고 도가 높은 수행인은 그 뜻을 중생에게 두어야 한다고 했다.

왜냐하면 권위에 사로잡히면 권력을 개인화하고 염치없는 행동을 할 수 있고, 법력이 높다고 중생을 외면하고 독선과 아집에 빠지면 개인을 신격화할 수 있기 때문이다.

벼슬과 권력이 있고 법력이 높다고 인과를 피해갈 수 없다. 자업자득은 인과의 법칙이다. 그리고 자기를 낮추기 위해서는 먼저 자신의 마음을 조복받아야 하고 절복(折伏)의 아픔이 뒤따를 때만이 가능하다. 자기 구원은 어떠한 행동을 하느냐에 따라 그 결과가 달라진다. 그래서 부처님은 부상중생(不傷衆生)의 정치를 강조했던 것이다.

수행인의 산 냄새

선비는 청빈해야 굳은 지조를 가질 수 있고 배가 고파야 세상을 올바르게 본다고 했고, 수행인은 춥고 가난해야 수행하는 마음이 일어난다고 했다. 현대에 살고 있는 운수납자는 옛날 조사들에 비해 물질적으로 풍요로운 생활을 하고 있다. 옛 수행인들은 쌀이 없으면 채근목과로 목숨을 유지하면서도 출가정신을 저버리지 않았다. 오히려 내면적 성찰력은 깊어졌고 사유가 많고 깨끗했다.

돌이켜보면 현재 생존해 있는 원로 스님들이 걸망을 지고 만행을 할 때만 해도 먹을 것, 입을 것이 풍족하지 않았다. 원로들에게는 중 마음과 삼보정재를 헛되이 사용치 않는 마음이 있었다.

청담스님이 도선사에 주석하고 계실 때다. 이때 공양주를 하던 스님이 설거지를 하면서 밥 찌꺼기를 많이 버린 일이 있었다. 청담스님은 구정물통을 지팡이로 휘저으면서 공양주를 심하게 꾸짖었다. 쌀 한 톨 속에 시주 은혜가 담겨 있을 뿐 아니라 헛되게 버리면 그 죄가 칠근이나 된다고 했다.

일미칠근(一米七斤)의 설법을 하신 것이다. 그리고 공양주에게 허드레 물속에 있는 밥 찌꺼기를 먹도록 했다. 공양주는 어쩔 수 없이 음식 찌꺼기를 삶아 먹었다. 그뿐이 아니었다. 배춧잎이 계곡물을 따라 떠내려가는 것을 보고 도선사에서 수유리까지 내려와서 주웠다는 일화를 들려 주었다.

이처럼 삼보정재를 아끼는 마음이 간절했다. 특히 중국의 한산과 습득선사는 청빈의 삶을 살다가 간 대표적 인물이다. 습득은 풍간사에서 오랫동안 공양주를 했는가 하면 항상 대중들이 버린 음식물을 깨끗이 씻어 먹었고, 한산은 그 당시 자사가 시주물을 가져온 것을 보고 '이 도적놈아' 하고 쫓아버렸다. 그리고 대중들이 잠들 때 한산과 습득은 정진을 했다고 한다.

인간이 욕망으로부터 자유스러워지려면 소유를 버려야 한다. 많이 지니고 있는 사람일수록 소유한 물건으로부터 벗어나기 어렵다. 그래서 방하착(放下着)이 필요하다. 소유한 물건을 버리고 마음속에 자리잡고 있는 욕망을 버릴 때 수행인에게서 산 냄새가 나고 깨침의 향기가 배어나올 수 있다.

삼독을 버리고 자기를 비우자

부처님은 사람을 병들게 하는 원인을 삼독(三毒)이라고 했다. 그리고 삼독으로 인해 육도(六道)에 전락하고, 탐진치를 버리고 삼학(三學)을 완성하면 여래(如來) 인격을 성취한다고 했다. 사람은 누구나 본능적 욕구를 가지고 있는가 하면 끝없는 욕망을 가지고 있다. 다만 자기 분수를 넘친 욕망과 탐욕을 가질 때 재앙이 찾아들고 패가망신하는 경우가 있다. 그리고 어리석음과 분노로 인해 갈등과 애증을 갖게 된다. 사람의 분노는 때로는 불길과 같을 때가 있다. 마음속에 일어나는 분노를 참지 못해 자기를 멸망시키는 경우가 있는가 하면 원한의 인과를 맺을 때가 있다.

서산(西山)스님은 한번 분심(忿心)을 일으키면 백만가지 장애가 일어난다고 했고,《법구경》에서는 분노로 인해 자기를 불태우게 된다고 했다.

얼마 전 전두환 전 대통령은 자신을 찾은 방문객에게 건강하고 오래 살려면 남을 미워하지 말아야 한다고 말한 일이 있다. 마음속에 상대를 미워하는 마음을 품고 있으면, 원한은 사라지지 않고 고통에서 벗어나기 어렵다.

몇 해 전 미국에서 이두인간(二頭人間)이 태어나 화제가 된 일이 있었다. 머리는 두 개이고, 몸뚱이는 하나인 기형아였다. 머리가 두 개이다 보니 서로 생각하는 것이 다르고 먹고 자는 일이 일치하지 않았다. 어느날 이두인간은 서로 다른 행동을 하게 되었다. 한쪽은 자고 있는데 한쪽은 독약이 든 음식을 먹게 되어 목숨을 잃은 일이 있었다. 비록 머리는 두 개였지만 몸체가 하나였기 때문에 생명을 잃은 것이다.

사람이 삼독을 바탕으로 생활하게 되면 항상 고통이 따르게 된다. 자기 구원을 받기 위해서는 선행(善行)을 해야 한다.

그래서 불교를 배우는 것을 자기를 비우는 일이라고 했고, 자기를 비워 무아(無我)가 되었을 때 일체 갈등으로부터 자유스럽게 된다고 했다. 그리고 사람을 대할 때 느낀 일이지만 마음속에 삼독이 있는 사람하고 대좌를 하면 가슴이 답답할 때가 있다. 바로 자기를 비우지 않고 사람을 대하기 때문이다. 넉넉한 가슴을 가진 사람일수록 사람을 감동케 한다. 그만큼 덕화(德化)의 뜰이 넓기 때문이다.

선사들의 매맞는 즐거움

　　선원에서 수행인을 깨우치게 하는 특별한 도구가 있었다. 그것을 법구(法具)라고 한다. 그 가운데 선사들만이 사용하는 대표적 법구는 죽비와 주장자다. 죽비는 한 자 반쯤 되는 대나무로 만든 도구이고, 주장자는 일종의 지팡이에 불과하다.

　　죽비는 선객(禪客)들이 앉고 서는데 신호를 알리는 것으로 사용했으며, 화두(話頭)를 들고 졸고 있는 사람이 있으면 수마(睡魔)와 혼침을 일깨우기 위해 어깨를 쳤다.

　　주장자는 선가(禪家)에서 폭력적 도구였다. 특히 황벽은 법을 묻는 사람에게 주장자를 휘둘렀다. 이것이 방(棒)이다. 임제선사는 불법의 근본 뜻을 3일 동안 물었다. 황벽은 아무 말도 없이 30방을 때렸다. 임제는 이유없이 90방을 맞은 셈이다. 분노가 치밀었지만 폭력으로 대항할 수도 없었다.

　　황벽 곁을 떠난 임제선사는 목주선사를 찾아 방(棒)을 맞은 이야기를 했다. 이때 그토록 황벽선사가 너에게 애정을 가졌는데, 지금도 매를 맞았다고 생각하느냐는 목주선사의 물음에 황벽의 매질이 폭력의 차원을 넘어 깨침을 열기 위한 방편이란 것을 깨달을 수 있었다. 그리고 임제선사는 매맞는 즐거움이 무엇이란 것을 자각했다.

폭력은 물리적인 것만이 아니다. 거친 말도 폭력에 속한다. 사람들은 잘잘못과 허물을 감추기 위해 상대를 먼저 공격할 때가 있다. 그 가운데 자기 입장을 밝히고 상대의 허물을 지적하는 성명서도 폭력의 일종이다. 방(棒)과 할(喝) 그리고 죽비로 선객들을 치는 행위가 폭력이 안 되는 이유는 깨침과 자비가 밑받침이 되어 있기 때문이다.

선생님의 매질도 이와 다를 바가 없다. 다만 감정이 섞인 매질이라면 반드시 시정되어야 하겠지만 사랑의 매질은 학생들의 잘못을 깨우치는 방편상 필요하다. 인간은 고통과 시련을 통해서 성숙되고 사랑의 매질을 통해 마음의 눈이 열린다고 했다.

요즘 우리 주위에는 사람의 허물을 찾는 데에 동물의 후각처럼 예민해져 있다. 반면 자신의 허물에 대해서는 부끄러워하는 생각을 갖지 않고 있다. 사람이 되는 일이 이처럼 어렵다. 황벽선사의 방(棒)이 있어야 할 때다.

관용과 용서의 정신

　타인을 비판하는 소리를 들으면 자기 부모를 욕하는 소리로 생각하라는 나옹스님의 말씀이 많은 것을 떠올리게 한다. 누구나 자기 잘못을 스스로 찾아 반성하는 일에는 인색하다. 반면 남의 허물을 발견하여 비판하는 데 익숙해져 있다. 민주주의 체제가 시작되고부터 우리 주위에 목소리가 커진 단체가 있다면 시민단체다. 이 단체의 역할은 아직까지 긍정적 평가를 받고 있다. 반면 올해 들어 이 시민단체들의 역할에 대한 비판의 목소리가 나와 시선이 모아지고 있다. 사회를 감시하고 비판하는 잣대를 자기 자신에게도 적용해야 한다는 말에 많은 사람들이 공감하고 있기 때문이다.

　비판에 애정이 뒷받침되지 않으면 갈등과 앙금만 남게 한다. 또한 비판을 겸허히 받아들이는 마음이 있을 때 비로소 개선이 뒤따른다. 하지만 비판만 난무하면 치열한 대립만을 유발시킬 수 있다. 여기에는 반드시 관용과 용서가 있어야 한다. 불교의 인욕 가운데에는 관찰해인(觀察害人)이라는 위대한 정신이 있다. 자기를 해롭게 하고 모략하는 사람까지 용서할 줄 알아야 상대를 절복(折伏)시킬 수 있다.

《법화경》의 상불경보살은 비록 죄를 지은 사람이라도 외면하지 않고 '당신은 부처가 될 사람'이라고 칭찬을 아끼지 않았다. 불교의 인욕은 상대를 너그럽게 용서하고 새로운 사람으로 태어나게 하는 미덕을 갖고 있다. 부처님이 인욕보살로 있을 때 가리왕(加利王)에게 참기 어려운 고통을 당했지만, 원망하는 마음을 일으키지 않았기 때문에 그를 조복(調伏)시킬 수 있었고 살인마 앙굴마를 출가시켜 훌륭한 사문(沙門)으로 다시 태어나게 할 수 있었다.

모든 일에는 전말과 그 가운데 파사현정(破邪顯正)이 있을지라도 종교적 미덕은 사법적 판단과 달라야 한다. 반드시 자비의 비원이 있어야 한다. 그래서 구세(求世)의 본질을 대비(大悲)라고 말하는 것이다. 그리고 부처님은 수많은 선교방편과 다양한 위신력을 갖고 있었지만 중생을 제도하는 방편은 오직 대비(大悲)만을 사용했다. 누구나 자성(自省)하는 것은 매사에 약석(藥石)이 되고 자신을 바로잡는 첩경이란 것을 잊어서는 안 된다.

작은 결실

오랜만에 산에 돌아가 쉴 수 있었다. 그것도 속인들처럼 휴가라는 것을 얻어 물소리 바람소리를 들으며 자연과 같이할 수 있었다. 여름철 비대해졌던 검푸른 녹색빛이 단청빛으로 색조(色調)를 만들고 있었고, 뜰 앞에 가꾸어 놓았던 오곡들이 탐스럽게 익어가고 있었다. 그것은 인간의 피와 땀, 그리고 자연의 역사(役事)가 성취한 결실이었다.

비록 많은 수확은 아니었지만 무엇보다 소중하고 값진 결실임을 새삼스럽게 깨달을 수 있었다. 그 결실 속에는 인간의 때묻은 욕망이 섞여 있지 않았고, 자연의 순수한 섭리와 인간의 능력이 조화되어 있었다.

사실 이 무공자(無孔子)는 다른 사람과 같이 좋은 절 하나 갖질 못했다. 물론 능력이 없는 탓도 있었지만, 오늘날 좋다고 한 절이 한결같이 수입이 많은 것과 직결되어 있기 때문에 피해 온 것도 사실이었고 그것을 소유할 만한 욕망이 없었다.

무공자가 거처하고 있는 절은 큰 사격(寺格)의 품위를 갖춘 절이 아니라 조그마한 토굴에 불과한 암자(庵子)다. 거기다가 신도란 한 사람도 없다. 다만 논 몇 마지기와 밭이 조금 있을 뿐이다.

그리고 여기서 수확되는 것을 가지고 일상(日常)을 만든다. 어떻게 생각하면 고되고 따분한 일이다. 화려한 삶의 빛이란 찾아볼 수 없을 만큼 비문명적이고 비과학적이다.

또 몇천 몇백 억을 밀가루 반죽 주물듯이 마구 쓰는 손 큰 사람들에게 비하면 눈물나는 가난이고, 참기 어려운 고통이라고 할 수 있다. 그러나 한 번도 그것을 고통이라고 생각해 보지 않았다. 오히려 몇천 몇백 억보다 더 소중하고 값지다고 생각해 왔다. 왜냐하면 죄악(罪惡)의 근원이 되는 욕망이 섞여 있지 않았기 때문이다.

사실 오늘날 우리네 농촌은 몇백 억을 생각할 만한 부농이 없다. 노력한 것만큼 분수대로 살고 있는 것이 우리나라 농부들의 실정이다. 쌀 몇십 가마를 수확하더라도 그것은 일체 농비를 제하고 나면 별로 남는 것이 없다. 그러나 이들은 자신들의 처지를 한탄하지 않고, 있는 그대로의 현실에 순응하면서 자연의 섭리에 따른다. 또 몇천 몇백 억은 꿈같은 숫자, 만화같은 데서나 볼 수 있는 액수라고 생각할 뿐이다.

장영자 사건이 일어났을 때도 그렇고, 명성사건 때도 그렇다. 한결같이 몇천 몇백 억이다. 그런데 명성사건의 충격이 가신 지 얼마 안되어 영동개발 사건이 또 한 번 몇천 몇백 억의 숫자로 가난한 소시민(小市民)과 농부들에게 지울 수 없는 충격을 주었다. 우리는 억(億)이란 숫자를 말로 쉽게 하지만 몇 시간을 두고 셈을 해야 하는 큰 돈이다. 참으로 인간의 탐욕은 무한한 것 같다.

나무를 심는 마음

입춘(立春)과 청명(淸明)이 지났다. 이제 곡우가 얼마남지 않았
다. 올 봄은 다른 해에 비해 더디다. 벌써 화신(花信)을 전한 지도
오래 되었건만 갖은 꽃샘 추위로 봄은 느린 걸음으로 우리 곁으
로 다가오는 것 같다. 아직도 산골 깊은 곳에는 잔설(殘雪)이 남
아 있고, 강원도 일부 지방에서는 간혹 눈이 내린다는 소식이다.

한겨울 버티고 있던 추위도 물러서기가 아쉬운 모양이다. 그러
나 자연의 섭리에 의해 봄은 들과 산에 꽃과 잎을 피울 것이다.
빈 하늘을 이고 섰던 앙상한 나뭇가지도 수액을 뽑아올려 뜨거운
생명의 핏줄이 감돌아 푸른 빛을 이룰 것이다. 봄을 맞을 때마다
느끼는 일이다.

봄이 오면 우리가 의례적으로 치르는 행사 하나가 있다. 식목
일 행사다. 기름지고 푸른 국토를 가꾸기 위해 우리 스스로가 만
들어 놓은 날이다.

이날이면 으레 많은 사람들이 산과 들로 나아가 나무를 심는
다. 통계에 따르면 1년에 1억 그루 이상의 나무를 심는다고 한
다. 그러나 15% 가량이 뿌리를 내리기도 전에 말라 죽어버린다
는 사실을 볼 때 우리는 나무를 심는 데에만 열중했지, 심고 난

후 육림(育林)에는 소홀했다는 것을 알 수 있다.

사실 나무를 심는 것도 중요하지만 가꾸는 것이 더욱 중요한 일이다. 봄에 묘목(苗木)을 심어놓고 돌보지 않아 수많은 잡초 속에서 제대로 자라지 못하고 있는 것을 볼 때가 있다. 마치 자식을 낳아 길가에 방치해 버린 것같이 말이다.

사람도 어릴 때부터 부모의 각별한 정과 교육에 의해 그 장래가 달라지듯이 나무도 가꾸기에 따라서 그 성장이 달라진다. 우리가 나무를 심는 것은 나무 자체를 위해서가 아니라 우리들 즉 인간의 삶을 위해서다. 나무는 우리들 생명을 유지하는 데 있어 한순간도 없어서는 안 될 산소를 공급해 주는 것이다.

우리네 산림은 선진국에 비해 그 규모나 질을 비교해 볼 때 너무나 뒤떨어져 있다. 거기다가 수종(樹種)은 경제성 없는 잡목들이 거의 대부분이다. 우리의 토지에 알맞는 경제 수종을 개발하고 육림하는 것이 시급하다.

예부터 우리는 수려한 자연 풍광을 지니고 있었다. 그것은 우거진 숲과 나무들 때문이었다. 특히 많은 산을 지니고 있는 사원(寺院)에서 올 식목일에 얼마나 많은 나무를 심었는지 궁금하다.

인과정신(因果精神)

  "한 수도인은 다섯 낱알 좁쌀 때문에 소가 되어 살아서는 뼈가
휘도록 일해 주고, 죽어서는 가죽과 살로 빚을 갚았다."
  《지도론(智度論)》에 전하는 이야기다.
  세상의 법칙은 인과의 법칙으로 구성되어 있다. 공짜란 것은
없다. 특히 시은(施恩)으로 살아가는 수행자가 안일하고 나태한
정신에 빠지다 보면 인과(因果)정신을 잃을 때가 간혹 있다. 하루
일하지 않으면 먹지 않는다는 백장청규(百丈淸規)는 바로 나태해
질 수 있는 수행인의 일과를 깨우치는 경구다. 그러나 오늘날 수
행인의 생활은 육체적 노동에 의해 자기 생활을 만들고 있는 것
이 아니라, 심전(心田)을 경작하는 정신적 일꾼이다. 그래서 사문
(沙門)은 겉으로 재물을 빌고 안으로 자기를 탐구하는 것이다. 또
신도에게 보시(布施)를 받으면 사문은 자기가 성취해 놓은 정신
적 삶을 그 신도에게 베풀어야 한다. 이것을 법보시(法布施)라고
한다.
  앞에서 밝힌 지도론 이야기뿐 아니라, 놀고 먹는 무위도식한
승려가 죽어서 그 인과로 소가 되어 시은을 갚았다는 이야기는
자주 나온다. 그리고 일미칠근(一米七斤)이라는 이야기도 시은의

무거운 짐을 깨우치는 말이다. 그것 뿐만이 아니다. 옛 조사들은 계곡을 따라 흘러가는 배추 한 잎을 줍기 위해 십 리를 걸었다는 일화도 있다. 이렇게 인과를 소중히 여긴 것이다.

또 어떤 수행인들은 자신의 임종을 미리 알고 오늘날과 같이 열반이니 원적(圓寂)이니 하는 술어를 사용하면서 다비(茶毘)를 화려하게 하지 않고 스스로 깊은 산으로 들어가 자리를 만들어 입적을 했다고 한다. 시은으로 구성된 자기 육체를 뭇 짐승들에게 희사하기 위한 것이다.

오늘날 이런 입적은 볼 수 없다. 그런데 이와는 달리 자신이 갖고 있는 육체 일부의 기능을 희사한 스님이 있어 화제를 모으고 있다. 뇌종양이란 병을 앓으면서 스님은 6개월의 시한부 인생을 살아왔다. 스스로 죽음의 시간을 정해 놓고 살아온 것이다. 이제 스님은 6개월이란 그 시한이 임박해졌다.

하루하루 죽음을 기다리는 시간은 건강한 사람의 입장에서 생각하여도 소름이 끼칠 정도다. 그러나 스님은 자기를 즐겁게 버리기로 결심했다. 두 눈과 콩팥을 희사하기 위해 그는 한양대학병원에 입원하여 자기 죽음을 통해 자기를 버리고 또 한 사람 생명을 새롭게 태어나게 하고 있다. 이렇게 위대한 버림 속에 새로운 생명이 탄생된다.

사문(沙門)은 누구인가

길을 가다 보면 어린이들이 '야! 중 간다'고 자기들끼리 속삭이는 소리를 들을 때가 간혹 있다. 그때마다 얼굴을 돌이켜 어린이들을 보면 이제 여섯 살도 안된 꼬마 아이들임을 발견할 수 있다. 그들의 눈에도 스님들은 스님같이 보이질 않고 중같이 보이는 모양이다. 물론 거기에는 집안 부모들의 가정교육도 문제이겠지만 불심(佛心)이 있는 신자를 제외한 일반인들은 스님을 스님이라고 부르기보다 중이라고 부르는 것이 상식화되어 있는 때문일 것이다.

우리 자신들도 어쩐지 중이라고 부르면 불쾌하고 기분이 언짢다. 마치 빈정대는 것 같아 얼굴을 붉힐 때도 있다. 그러나 따지고 보면 중이란 의미는 빈정거리는 말도 아니고 속상할 뜻도 아니다.

'승가(僧伽)'를 번역하면 '중(衆)'이란 뜻이다. 그러니까 원시불교 당시에는 사부대중(四部大衆)을 승가라 했다. 많은 사람이 모여 있다는 의미다. 그것을 총칭하여 '중'이라 한 것이 오늘에 이르러 머리 깎은 수행승만을 '중'이라고 부르게 된 동기가 되었다.

또 다른 이유가 있는지에 대해서는 확실한 어원(語源)을 몰라

밝힐 수 없지만 중이란 말은 속인들만이 사용하는 낱말이 아니라 삭발한 수행승들끼리 모여서도 '저 사람은 아직 중물이 들지 않았어' 하고 빈정거리기도 한다. 중물이 들지 않았다는 것은 절〔寺〕의 법도(法度)가 몸에 배어 있지 않았다는 의미다. 그리고 중물이 들어야만 중 생각을 갖는다고 했다.

사퇴 성명을 밝힌 이성철(李性徹) 종정(宗正)은 일간지 기자들을 만난 자리에서도 중물이 든 사람이어야 삼보(三寶)를 위한 생각을 갖게 된다고 강조했다 한다. 오랜 수행생활을 통해 체험한 종정의 철학이라고 할 수 있다. 사실 늦깎이들을 보면 어쩐지 어색한 면이 있고 속물근성을 발견할 수 있다. 그래서 중국 총림에서는 장로를 두고 그 밑에 수좌(首座)와 유나(維那)를 두었다. 바로 이들이 소위 말해서 중물이 든 사람들이다.

그러나 중물이란 하루 아침에 이루어지지 않는다. 그렇다고 지식만으로 이루어지는 것도 아니다. 사문(沙門)이 지녀야 할 생각과 행을 갖출 때만이 중물은 마음과 몸 전체에 번진다. 엄격히 말해서 중물이란 수행인의 경륜이고 몸가짐이다. 비록 중물 든 사람들의 소견이 비과학적일지라도 우리 주위에는 중물이 든 사람들이 득실거려야만 진정한 승가의 풍토를 이룩할 수 있다.

부처님 오신 날

'부처님 오신 날'이 가까워지면 무공자(無孔子)는 문득 빈자일등(貧者一燈)의 정신을 깨우치게 하는 바루다를 떠올린다.

부처님 당시 바루다는 남에게 베풀 만한 것을 갖고 있지 못한 가난한 사람이었다. 항상 병고에 시달렸고, 굶주림에 허덕였다. 남들은 부처님 앞에 공양을 올릴 때, 바루다는 걸식(乞食)을 하였으나 때묻지 않은 마음으로 부처님을 존경했다.

마침 부처님께서 아사세 왕의 초청에 응하고 기원정사로 돌아오고 있었다. 수많은 등불이 밝혀 있었다. 그러나 바루다는 등을 밝힐 만한 여유가 없었다. 손수 기름등을 만들었다. 그리고 맨 마지막 줄에 기름등을 밝혀 놓고 새벽이 다가설 때까지 바루다는 기도했다. 모든 지등의 불빛은 꺼져버리고 유일하게 바루다가 밝힌 등불만이 찬란한 빛을 발하고 있었다. 가난과 정성이 밝힌 지혜의 불빛이었다.

옛날 연등행사 때도 오늘날같이 등을 기계로 찍어내지 않고 손수 만들어 절에 가서 불을 밝혔다. 그리고 수많은 등을 밝히기 위해 등표(燈票)도 돌리지 않았다. 오늘의 등은 사찰 수입과 직결되어 있다. 부처님이 왜 이 사바(娑婆)에 태어나셨는가. 그 의의를 찾는 일보다 다른 사찰보다 더 많은 등을 팔려는 데 혈안이 되어 있는 것이 오늘의 불교계 실정이다. 어느 사이에 물량주의적 심리가 수행자의 마음까지 오염시키고 있어 가슴 아프기도 하고, 한편으로 불교계 타락의 일면을 보는 것같아 괴롭기까지 하다.

더욱이 올 4월 초파일은 로마 교황 방한으로 인해 불탄의 축제 분위기는 찾아볼 수 없고, 천주교 축제 열기가 도처에서 일고 있어 불교인들 모습이 측은해 보인다. 매스컴을 비롯해 일반 잡지까지 교황 방한을 특집으로 다루지 않은 데가 없다. 거기다가 정부까지 특정 종교를 지원하고 있어 불교계 위축은 더 심한 것 같다.

그러나 더 가슴 아프고 답답한 것은 불교계 태도와 자세다. 강 건너 불구경하듯 바라보고 있는 무사안일한 사고방식도 문제이지만, 공식적 불만이나 유감의 뜻을 밝히지 않고 있는 종단 지도자들의 자세는 지탄받아야 할 것이다. 왜 이토록 불교가 무기력해졌는지 모르겠다.

황벽(黃檗)의 기개나 임제(臨濟)의 정신을 어디다 팽개쳤는지 알 수가 없다. 올 4월 초파일은 더 적막한 것 같다.

선지식(善知識)의 이율배반(二律背反)

"이 세상 진리를 통달한 사람은 견해와 학문과 지식을 보고 성자(聖者)라고 하지 않는다. 번뇌의 마군(魔群)을 깨뜨려 고뇌가 없고, 욕망없이 행동하는 사람들, 그들이야말로 성자라고 할 수 있다."

많이 알고 있다고 해서 성자(聖者)라고는 할 수 없다. 안과 밖으로 때가 없는 사람이 성자다. 진리의 깨달음에 지식은 약간 도움이 될지언정 지름길은 될 수 없다.

그리고 아는 데에 있어서도 철저히 알아야 한다. 어설프게 알고 남에게 전하는 것은 남을 속이는 일이다. 또한 알고 있는 사람은 겸손해야 하고 하심(下心)을 해야 한다. 비록 보살과 같이 중생과 한 몸이 되지 못할지라도 세상을 대비(大悲)로 바라보는 눈은 있어야 한다. 이것이 배운 사람들이 행할 도리다.

우리는 간혹 선지식(善知識)이란 말을 쓴다. 풀이하면 '잘 알고 있는 사람', 혹은 '깨달은 사람'을 지칭한다고 국어사전은 밝히고 있다.

요즈음 우리 주위에 몇 사람의 선지식이 있는지 모르겠다. 자신이 스스로 부른 것인지 제자들과 문도(門徒)들이 야합(野合)해서 선지식으로 승격해 버렸는지 알 수 없는 노릇이지만 그들이 갖고 있는 이율배반을 지적하지 않을 수 없다. 특히 선지식, 조실 (祖室)로 추앙받고 있는 사람들은 자기 절, 자기와 인연이 있는 절에서 법문법담(法門法談)을 거침없이 하면서 그것을 신문에 전재(全載)하려고 하면, 아연실색을 하고 만다. 따지고 보면 일정한 장소에서 정해진 숫자가 선지식의 법문을 듣는 것보다 지면을 통해 그 법문을 전하는 것은 시공적(時空的)으로 그 효과가 달라질 수 있다.

얼마 전 우리 기자가 인천 모 선원(禪院)에 간 일이 있었다. 그곳에 있는 선지식 한 분이 종단 안에서는 꽤 추앙받는 인물로 지칭되어 도대체 무슨 소리를 하는가 궁금도 했거니와 법문 내용이 좋으면 지면에 소개하고 싶어서였다. 그런데 어찌된 일인가. 말을 해놓고 그것을 활자화하는 것을 금하다니. 처음부터 방구석 문을 잠궈놓고 은밀히 한 이야기라면 몰라도 그것을 대중을 향해 소리쳐 놓고 신문에 소개하는 것은 금했다. 겸손이나 미덕으로 생각하기에는 이율배반적인 분노가 앞섰다. 이런 예는 인천에 있는 모 선지식뿐만 아니다.

우리 주위에 그런 류(類)들이 많이 있음을 지적하고 싶다. 차라리 그분들에게 개구지착(開口之錯)이란 말을 해주고 싶다.

어느 도반(道伴)의 유언(遺言)

"올해 안으로 유치원 건립불사를 마무리해야겠습니다. 유치원을 짓고 나면 어린아이들이 뛰어다니는 모습을 보며 살 것입니다. 스님네들은 자식을 길러보지 않아 애정을 몰라요."

1984년 9월 17일 방생불사(放生佛事)를 마치고 한 상주 포교당 주지 법성(法聲)스님의 생전 유언이다. 그렇다고 종이에다 써서 남긴 유언도 아니고 제자들에게 남긴 말도 아니다.

상주 포교당 주지로 부임한 뒤 유치원 건립을 추진하면서 나에게 들려준 말이다. 그는 평소 불사에 남다른 성의와 열정을 갖고 있었다. 그만큼 맡은바 소임에 충실했을 뿐 아니라, 일을 보고 그냥 놓지 않는 성격이었다.

특히 법성스님은 상주와 깊은 인연이 있었다. 20년 전에 상주 북장사(北長寺) 주지로 온 후 퇴락한 북장사를 중창하고 잠시 선산 도계사(桃季寺) 주지로 옮겨가 그곳에서 이 시대 불교사에 남을 만한 일을 했다. 1977년 해동(海東) 최초 사찰인 도리사(桃李寺)에서 세존사리(世尊舍利)를 발견하고 성역화(聖域化) 불사를 추진했을 뿐 아니라, 사리를 친견키 위해 백만이 넘는 불자가 도리사를 다녀가는 경이를 이룩하기도 했다. 이 모두가 그가 생전에 남긴 찬란한 업적이요, 그의 빛나는 원력이다. 그리고 상주 유치원도 주지로 부임한 지 1년이 안 되어 상량을 했고, 얼마 전 준공을 눈앞에 두고 유명(幽冥)을 달리한 것이다.

더욱이 전국 사찰이 지닌 유치원 중에서도 제일 규모가 컸다는 데에서 그의 원력을 다시 한번 추모하지 않을 수 없다. 그는 이 유치원을 건립해 놓고 이곳에서 즐겁게 뛰어노는 어린이들을 미리 머리속에 상상했다. 그러면서 자식을 길러보지 못한 스님들은 애정을 잘 모른다고 말했다.

그렇다. 우리가 사랑이니 자비니 떠들어대면서 정작 그동안 고통받는 중생을 향해 사랑과 자비를 베푸는 데 얼마나 인색했는가.

자비란 부모가 자식을 사랑하듯 그러한 동체대비(同體大悲)를 뜻한다. 중생과 한몸이 되기 위해서는 마음을 섞고 피를 섞는 혈육의 사랑과 자비를 가질 때만이 사생(四生)의 자부(慈父)가 될 수 있다고 했다. 옛 조사(祖師)도 자식을 길러본 자만이 자비와 사랑을 알 수 있다고 했다. 그러나 그는 유치원 마당에서 뛰어 놀고 있는 어린이들을 보지 못하고 입적했다.

그의 단명은 요절에 속했다. 참으로 생사거래(生死去來)는 살아 있는 자만이 할 일이고, 슬픔과 괴로움 역시 살아있는 자만이 누릴 권리인 모양이다. 그러나 그는 50을 넘지 못한 세수(世壽)지만, 역사적 삶을 살고 갔다. 그 역사적 삶은 훗날 포교당 유치원에서 자란 어린 가슴속에 불빛으로 남을 것이다. 그의 업적은 욕망에 허덕이는 뭇 도반(道伴)들에게 또 한번 무상의 진리를 깨우치는 교훈을 남겼다. 다시 환생(還生)하기를 빈다.

선(禪)이란 무엇인가

"유언(有言)에서 무언(無言)에 이르는 것이 교(敎)이고, 무언에서 무언에 이르는 것이 선(禪)이다."

서산(西山)스님이 자신의 역저《선가귀감(禪家龜鑑)》을 통해 밝힌 것이다. 선(禪)과 교(敎)를 사상적으로 분석해 보면 심천(深淺)의 차이는 있지만, 본질적으로 다르지 않다. 그래서 선시불심(禪是佛心) 교시불어(敎是佛語)라고 말한다. 선(禪)은 부처님 마음이고, 교(敎)는 부처님 말씀이란 뜻이다. 선은 부처님 당시부터 있었고, 그 기원을 따진다면 삼처전심(三處傳心) 즉 염화미소(拈花微笑)에서부터 시작된다.

많은 제자들이 청법을 하고 있을 때 부처님은 꽃 한 송이를 들어 보였고, 그 뜻을 유일하게 가섭존자만이 이심전심(以心傳心)으로 깨달을 수 있었다. 이때부터 선(禪)은 문자를 거부하고 이심전심으로 심인(心印)을 전수했다. 그리고 선나(禪那)의 뜻을 정려(靜慮), 사유수(思惟修)로 중국 사람들이 번역하여 오늘에 이르고 있다.

생각을 고요히 하고 사유를 밝히고 닦는다는 것은 우리가 흔히 말하는 명상(瞑想)이다. 이 명상을 통해 운수납자(雲水衲子)는 존재의 속박에서 벗어나 해탈이란 자유의 길에 도달해야 한다.

이렇게 선을 중심한 명상은 중요한 의미를 갖는다. 지난 6일 우리나라 국가 지도자가 일본을 방문하여 한·일간의 새로운 우호와 선린을 정립한 것은 역사에 길이 남을 것이다. 그리고 일본은 진심으로 지난날의 역사적 잘못을 반성하고 우리 국민에게 유감의 뜻을 표현한 것을 신문지상을 통해 우리는 알고 있다. 특히 일본 천황보다 수상인 나카소네는 보다 구체적인 사과의 뜻을 표해 일본을 다소 이해하는 데 도움을 주기도 했다. 그런데 그 유명한 일본 수상인 나카소네가 한일 정상회담을 끝내고 일본 임제종(臨濟宗) 전생암(全生庵)에서 좌선(坐禪)을 하고 있는 소식이 외지를 통해 보도되고 있다. 일본 수상이라 하면 어느 나라 수상보다 바쁜 자리다. 그러나 그는 자기 명상을 갖기 위해 전생암이란 절에서 가부좌를 틀고 무념무상(無念無想)에 들고 있다.

사실 따지고 보면 명상은 일본 수상에게만 필요한 것은 아니다. 일상을 살고 있는 현대인들에게 무엇보다 절실한 것이 명상이다.

그래서 명상 있는 삶과 명상이 개입되지 않는 삶은 그 빛깔에서부터 뭔가 다르다. 마치 거문고를 만든 오동나무가 들에서 자란 것과 심산유곡 폭포수 옆에서 자란 것과는 다르듯이 말이다.

분망할수록 우리는 생각하는 시간을 가져야 한다. 명상은 자기관조(自己觀照)의 시간이기 때문이다.

행원(行願)이 있는 삶

"모든 중생에게 수순(隨順)하여 섬기고 공양하기를 부모와 같
이 스승과 같이 받들며 성인이나 부처님과 다름없이 대해야 한
다. 병든 이에게는 의사가 되어 주고 길 잃은 이에게는 바른 길을
가르쳐 주어야 한다."

《화엄경》'보현행원품'에 나오는 이야기다. 여기서 우리는 보
현보살의 위대한 행원(行願)을 발견할 수 있고, 오늘날 불자(佛
子)가 이 시대에 무엇을 해야 하는가를 깨달을 수 있다. 사실 모
든 중생은 본래 평등(平等)하다. 그래서 보현보살은 일체 중생을
수순하여 섬기고 공양하기를 부모와 스승같이 하라고 했다.

수순이란 중생의 근기에 따르라는 의미다. 중생이 앓고 있는
것이 무엇인가를 발견했을 때 그 원력을 증언할 수 있음을 명증
하게 밝혀주고 있다. 그리고 버림받는 이웃을 도와주는 보살행이
복전(福田)을 일구는 일이라고 했다. 그러니까 이웃이 복밭이란
의미다.

오늘날 각 사원에서 행해지고 있는 불공의식(佛供儀式)이나 불
사(佛事)만이 복전을 일구는 일은 아니다. 우리가 얼굴을 돌려 외
면해 버리는 어려운 이웃을 위해 동체대비(同體大悲)를 실행하는

것이 진정한 보살도다.

지난 일요일 모 방송국 특집 프로그램으로 방송된 '가슴이 아파요'란 프로그램은 우리에게 커다란 충격을 주었고 많은 교훈을 주는 내용이었다. 심장병을 앓고 있는 어린이들이 수술비가 없어 고생하고 있는 현장을 우리에게 보여줌으로 해서 어린이들의 아픔이 곧 우리 자신의 아픔으로 연결되었고, 사랑과 자비가 결여된 사회는 병든 사회임을 깨달을 수 있게 했다. 그리고 불자로서 그들을 위해 무엇인가 일을 하지 않고 있는 자신의 모습이 몹시 부끄러웠다.

유마거사는 '중생이 앓기 때문에 나도 앓는다. 중생이 병에서 일어나면 나의 병도 사라질 것이다'고 했다.

참으로 우리 주위에는 유마와 같은 행원(行願)을 가진 원력 보살은 없고 다만 자기 보신을 위해 처신하는 무리들만이 득실거리는 것 같다.

방생(放生)을 월례행사처럼 실시하면서 우리 주위에 죽어가고 있는 생명을 위한 방생 행위가 실행되지 않는 이유를 알 수 없다.

만약 전국 사원에서 심장병을 앓고 있는 어린이를 위해 방생불사(放生佛事)를 한다면 우리는 보살이 있는 위치에 그만큼 가까워질 것이다.

양(羊)의 얼굴과 호랑이 가죽

심성은 원래 맑고 아름답다. 다만 익힌 업력(業力)과 관습에 의해 탐욕이 생기고 허세를 부릴 때가 있다. 맑고 깨끗한 심성을 잠깐 잃어버린 것이다. 그러나 세상을 살아가다 보면 착한 심성만으로는 살아가기가 어려울 때가 있다. 그래서 탐욕에 몸을 더럽히기도 하고, 본의 아닌 행동을 하여 물의를 일으킨다. 서서히 본래적 자아와는 다른 방향에서 자신을 부른다. 속과 겉이 다르게 말이다.

옛사람은 이런 행위를 꼬집어 말한 일이 있다. 양질호피(羊質虎皮)라고. 바탕은 양인데 호랑이 가죽을 입은 양 자기 허세를 부린다는 의미다. 이런 종류의 사람들이 너무나 우리 주위에 많다. 자기 분수를 잃고 말이다. 그러니까 양질호피란 말은 본바탕이 아름답지 못하면서 거죽만 훌륭하게 드러내고 있는 것을 가리킨 말이다. 따지고 보면 이런 무리가 다름아닌 곧 위선자다. 사실 그렇다. 겉모양이 화려하고 아름답다고 해서 속마음이 진실한 것은 아니다. 비록 떨어진 옷을 입고 있다 할지라도 그 마음이 부처님이 행했던 도정(道程)에서 벗어나지 않고 피나는 정진을 하면 그 사람이야말로 진정한 사문(沙門)이다.

사문이 사문답지 못한 것을 부처님은 어찌하여 도둑들이 내 옷을 꾸며 입고, 부처를 팔아 온갖 나쁜 업을 짓고 있느냐고 통탄한 일이 있다. 비록 몸에는 비단 가사(袈裟)를 걸쳐 입었지만 속마음에는 자기 탐구의 정신이 없을 때 우리는 어쩔 수 없이 비난의 대상에서 벗어날 수 없다.

자기관조(自己觀照)란 남의 허물을 보기 전에 자기 허물을 발견하여 고치라는 뜻이다. 그러나 오늘의 우리 생활은 자기 면목을 보기 위해 비대해진 무명(無明)의 살점을 깎고 지우는 데 각고의 정진을 하기보다 생활의 노예가 되어 가고 있다.

그래서 부처님은 한자리에서 오래 머무르지 말라고 했다. 물이 흐르지 않고 한자리에 고여 있으면 썩듯이, 한 군데 오래 머무르다 보면 자기 허물을 보는 일과 중생의 고충을 들을 수 있는 눈과 귀는 어두워지기 마련이다.

떠난다는 것은 집착에서 벗어나는 일이다. 지금이라도 우리 자신이 두꺼워진 무명의 함정에 빠져있지 않나 반성을 해야겠다.

사원(寺院)과 교회(教會)의 재산

　남의 종교 이야기라서 거론하기가 좀 쑥스럽다. 그러나 요즈음 (1984년, 편집자주) 장안의 화제는 분명히 교회의 헌금 실태가 보고되고 나서 그 액수가 엄청난 사실에 이목이 집중되지 않을 수 없는 것 같다.

　43개의 교회를 중심해서 파악한 1년 수입이 4천3백99억이란 엄청난 액수에 세인들은 놀란 표정이다.

　물론 거기에는 38종의 헌금 방법이 있다는 사실에도 놀랐지만, 그 액수가 전체 교회의 수입 총액이 아닌 불과 43개의 교회 헌금만으로 그렇다니 같은 성직자로서도 놀랄 일이다.

　4천4백 억에 가까운 돈은, 보사부 1년 예산의 4배나 될 뿐 아니라 조계종 사찰의 전체 수입보다 몇십 배가 훨씬 넘어 우리로서는 꿈같은 숫자에 가깝다.

　또 전하는 바에 의하면 만 평 규모의 교회와 1백20억의 공사비를 들여 궁전같은 호화찬란한 교회가 준공 중에 있다 하니 한국은 천국이 도래할 시기가 그리 멀지 않은 것 같은 기분이다. 거기다가 세계 10대 교회 중 우리나라 교회가 1위와 6위를 차지하고 있는 사실도 자랑할 만한 일이다.

　아직 밝혀지지 않았지만 조계종 전체의 사찰 수입이 얼마인지 궁금하다. 대강 2백 억이 넘는다는 소문뿐이다. 물론 정확한 숫자가 밝혀지면 그보다 많겠지만 액수로 보아 부끄럽기까지 하다. 그러나 부처님은 황금을 독사로 보라고 한 일이 있다. 그리고 마음을 허공같이 비울 때 가난하고 고통받는 중생의 소리를 들을 수 있고 한몸이 될 수 있다 했다.

　지금도 시골 절에는 1년에 2백만 원이 안 되는 예산을 가지고 땅을 개간하여 근근히 주린 배를 채우며 지낸다고 한다. 물론 부처님은 먹고 입는 자체가 마른 형상을 치료하는 데만 그쳐야 한다고 밝히고 있어 많이 소유하고 풍부한 예산이 있는 것은 그렇게 자랑스러운 일은 아니다. 들어온 돈을 얼마나 중생을 위해 쓰느냐가 문제다.

업풍(業風)

업풍(業風)이란 말이 있다. 업인(業因)의 힘을 바람에 비유한 데에서 그 어원이 생긴 것 같다. 중생이 자기가 지은 업력(業力)에 의하여 악취에 돌아다니는 것이 마치 바람이 불어 마른 나뭇잎을 떨어뜨림과 같다는 뜻이다. 사실 업이란 몸과 입, 뜻으로 짓는 말과 동작과 생각하는 세력을 말한다. 업은 짓는다는 의미를 갖고 있는데 하나의 행위에 의해서 이루어진다. 그래서 잘못된 행위, 즉 업감(業感)으로 인해 선악의 과보를 받게 된다.

옛 선사들은 이 업력을 중처(重處) 편취(偏聚)라고 했다. 업력(業力)이 무거운 쪽으로 모든 행위가 이루어지게 마련이고, 그로 인해 고락을 받게 된다고 했다.

이번 조계종 내분을 바라보면서 업풍이란 말이 실감되었다. 책임을 져야 할 집행부, 그리고 모든 중의(衆意)를 수렴하여 의결해야 하는 종회(宗會) 역시도 업력의 한계를 벗어나지 못했다.

이제 결과는 집행부도 사퇴하고 종회도 해산했다. 그동안 집행부와 종회가 물러나기를 젊은 승가들은 농성과 시위, 그리고 단식 투쟁이란 극한적 방법까지 동원하면서 허울좋은 종단 개혁을 주장했지만, 뚜껑을 열어놓고 보니 양심 세력이라고 자처한 젊은 승가 역시 업풍의 풍향대로 속셈을 드러내 보이고 있다. 물론 여기에는 원로(元老)들도 마찬가지다.

소위 개혁(改革)과 정화(淨化)를 앞세운 이들이 발표한 양심세력의 명단은 사부대중(四部大衆)이 공감하기에는 너무나 거리가 멀었다. 물론 그중에는 존경받을 만한 인물도 있었지만 대부분이 사설 사암(寺庵)이 아니면 문중(門中) 세력으로 인해 좋은 절을 차지하고 있는 사람이었고, 종단 불화의 원인이 된 문중들이 또 한판 야합을 하고 있음을 볼 수 있었다. 또 하나 지적할 것은 90명에 가까운 사람들의 세력 분포를 살펴보면 한결같이 자기와 이해 관계가 있는 사람들이란 데에 주목할 필요가 있다.

참으로 그동안 참기 어려운 진통과 시련을 극복하면서 얻어진 결과치고는 너무나 한심하다. 그리고 도의적 책임을 져야 할 사람들이 수습위원회에 참가했다는 것 자체가 개혁의 의미를 퇴보시키고 있음을 알아야 할 것이다.

물론 여기에는 스스로 자성하는 자세도 필요하다. 만약 지탄의 대상이 되는 사람들이 계속 종단 안에 남아 개혁을 외친다면, 이것은 종단을 구제하는 길이 아니라 불화만 깊어진다는 것을 자각해야 한다.

가을과 독서

무덥고 지루하던 여름이 지나고 소슬바람이 옷깃을 스치고 있다. 이제 얼마 있지 않으면 낙하(落下)와 별리(別離)가 시작될 것이다.

자연이 경영하는 사계(四季)의 질서는 이렇게 정연하다. 이 섭리는 인간이 지니고 있는 생로병사(生老病死)의 법칙과 다를 바가 없다. 그래서 항상 태어남이 있는 곳에는 멸진(滅盡)이 있게 마련이고, 그 밑바닥에는 영구불변한 생성(生成)의 원리가 있다. 이것을 우리는 법성(法性)이라 한다.

그러나 형태의 소멸이나 형상의 쓰러짐이 있는 곳에는 인간의 슬픔이 있고, 삶의 깊은 적막 속에는 죽음의 통로가 숨어 있다. 특히 사계 중에서 가을은 우리에게 많은 의미를 던져 준다. 봄·여름 피땀 흘린 대가로 수확을 얻을 수 있고, 한잎 두잎 조락(凋落)하는 낙엽으로 인해 생멸의 윤회와 우수를 갖게 하는 것도 가을이다. 그리고 황금의 물결이 출렁이는 들판에서 벼이삭을 거두어들이고 나면 황량하게 바람떼만이 떠돌아다님을 체험케 하는 것도 가을이다.

가을은 확실히 다른 계절과 달리 끝없는 우수와 알 수 없는 절망감에 빠지게 한다. 그리고 스스로 불필요한 번뇌를 제거하기 위해 전지(剪枝)를 한다.

중국의 유명한 시인 구양영숙(歐陽永淑)은 가을밤에 책을 읽다가 서남쪽에서 들려오는 소리에 깜짝 놀라 책장을 덮고 귀를 기울이며 다음과 같이 말했다.

"이상하도다. 처음에는 비가 쏟아지는 소리를 하더니 울부짖는 소리로 변하고 별안간 기운차게 달리는 물이 바위에 부딪치는 소리로 변하여 파도가 밤에 급히 일어나서 풍우가 느닷없이 닥쳐오는 것 같다."

가을 풍경을 적절히 묘사하고 있는 대목이다.

그러나 가을은 우리에게 머물러 있는 시간이 너무 짧다. 추수를 하고 나면 칼날 선 바람이 찾아들기 때문이다. 인생도 마찬가지다. 싱싱한 젊음을 갖고 있을 때보다 많은 것을 배우고 체험해야 한다. 옛 사람들은 가을을 통해 낮에는 들판에 나아가 물질적 수확을 얻었고, 밤이면 촛불을 밝혀 놓고 심전경작(心田耕作)을 했다. 메마른 밭에 지혜의 씨앗을 뿌린 것이다.

한 권의 책을 읽는다는 것은 진실한 자기를 계발하는 작업이다. 그래서 옛사람들은 등하가친(燈下可親)의 생활을 철저히 했다. 물질적 욕망으로 비대해진 살점을 스스로 제거하고 내심(內心)에서 들려오는 소리를 들었다.

사실 마음의 뜰에 깊은 무명(無明)이 가득 차 있으면 인간은 어쩔 수 없이 욕망과 몸을 섞게 된다. 마음의 뜰이 맑게 비어 있을 때만이 자기 목소리는 들린다. 그래서 안중근 의사는 '황금 백만

냥보다 한 권의 책을 읽는 것이 더 값지다'고 했다.

또 고려의 나옹대사(懶翁大師)는 '일생을 통해 탐심으로 모은 재산은 하루아침에 티끌이 될 수 있지만, 3일 동안이라도 마음을 닦으면 그것은 일생의 보배가 된다'고 했다.

독서란 이렇게 마음의 양식을 얻게 할 뿐 아니라, 마음속에서 진실한 자기를 실현케 한다. 그러나 우리 주위에 책을 가까이하는 사람이 점점 줄어드는 것 같다. 더욱이 독서의 계절인 가을에 독서 인구가 적다 하니 한심할 지경이다.

가을이 올 때마다 독서의 계절이니 등하가친의 계절이니 강조만 할 뿐, 서점가에서 팔리는 책 숫자는 여름보다 못하다고 한다. 오히려 밤늦게까지 고고 클럽에서 젊음을 발산하는 사람들은 늘어나고 그 중에는 10대까지 끼어 있다고 하니 경악을 금할 수밖에 없다.

젊음을 탐닉하고 정열을 발산하는 것도 좋지만, 일시적 향락 속에는 항상 고통의 인과가 숨어있음을 깨달을 필요가 있다. 그리고 물질을 낭비하듯 젊음 그 자체를 흥청망청 써버리면 누구나 끝에 가서는 후회하고 절망하게 된다. 마치 그것은 잔고가 없는 빈 저금통장 같다. 올 가을부터라도 책을 가까이하는 삶을 길들여가야 하겠다.

번뇌를 사랑하는 마음

적막한 산사에서 생활을 하다보면 참기 어려운 고통이 스며들 때가 있다. 인간 내부에서 일어나는 본능적 고통도 아니고 생활에서 비롯된 고통도 아니다. 그것은 자연이 만든 고통이다. 사실 자연은 인간에게 위대한 존재로 군림해 있지만 산속에 지내는 사람들은 사무치는 고요 앞에 이름을 알 수 없는 고통을 느낄 것이다. 그리고 자연이란 커다란 울타리가 하나의 큰 장벽이 되어 자신을 속박하고 있는 것을 깨달을 것이다. 이것뿐 아니다. 시원한 바람소리, 물소리가 처음 듣는 사람에게는 신선하게 느껴질는지 모르지만 바람소리와 물소리에 몸을 섞는 고요함이 뼛속으로 스며들 때는 마치 망망대해에 떠있는 것 같은 절망감에 빠져들 것이다. 나는 이때 혼자서 마음속에 일어나는 수만 수천의 번뇌를 따라 스스로 환상의 날개를 편다. 그리고 인간에게는 생활에 대한 고통도 있지만 사치스런 고독이란 고통도 있다는 것을 깨닫기도 한다.

어느 해인가 기억이 잘 나지 않는다.

포항 보경사 동암(東庵)이란 암자를 하나 얻어 도반(道伴) 한 사람과 가을 한 철을 지낸 일이 있었다. 그때 도반은 밤이면 법당으로 가 기도를 했다. 속으로 도대체 어떤 한스런 염원이 있어 저토록 애절하게 기도를 하는가 생각했다.

기도를 한 지 한 달이 다 되어가던 어느날, 나는 법당 곁으로 갔다. 촛불만 밝혀 있는 법당에서는 목탁소리가 나질 않고 있었다. 갑자기 나는 의문이 생겨 발길을 붙잡을 수 없었다. 천천히 법당 곁으로 접근하여 문구멍 하나를 만들어 그가 무엇을 하고 있는가를 확인했다. 그는 연비공양을 올리고 있었다. 손가락을 태우고 있었던 것이다. 촛불 두 자루를 들고 손가락을 태우는 그의 표정은 굳어져 있는 것이 아니라 어떤 환희에 젖어 있는 것 같았다. 사실 연비공양은 인내가 수반되어야 한다. 하나의 육체를 태워버림으로써 불교에서 말하는 법열(法悅)과 상환하는 기쁨이 있어야 한다.

그런데 도반은 불행하게도 그 고통을 이기지 못하고 손가락 하나를 태우지 못했다. 입으로 촛불을 꺼버리고 그 자리에 앉아 속으로 울고 있었다. 나는 갑자기 가슴이 진중되어 그 자리에 있을 수가 없었다. 방안으로 돌아와 자리를 펴고 누워 있을 때 도반이 들어왔다. 붕대를 감은 손가락 사이로 피가 흐르고 있었다.

"연비공양 올리는 것을 보았어……."

말끝을 흐리자, 그는 묵묵히 앉아 있다가 입을 열었다.

"마음속에 있는 본능적 고통을 태우고 싶었어. 영혼 속에 박혀 있는 고통의 씨앗을 뽑아버릴 수만 있다면 짓이겨 버리고 싶었어. 그래서 연비공양을 시작했지. 육체 속에 작위적 고통을 불어넣으면 고통의 근본이 없어지리라 믿었지."

그의 눈시울은 충혈되어 있었다. 그가 얼마나 인간적인 고통에 충실하고 있는가를 엿볼 수 있었다.

이렇게 고통의 근본은 인간을 괴롭힌다. 그러나 나는 도반을 통해 처음으로 번뇌스런 나 자신을 뒤집어볼 수 있었다. 그리고 번뇌의 뒷골목까지 자신을 몰고 가는 모습을 바라보았다. 이때 처음으로 나는 내가 가지고 있는 번뇌를 소중히 여길 수 있었다. 만약 적막한 산사(山寺)에서 마음속의 번뇌까지 없다면 나는 더욱 절망하리라 믿었다. 번뇌를 소중히 하고부터 내 주위가 한결 맑아지는 것 같았고, 삶의 영역이 넓어지는 것 같았다. 그리고 보다 견디기 어려운 고통이 닥칠 때마다 그것을 소중히 받아들일 수 있을 것 같은 신념이 마음 한구석에 자라나고 있음을 깨달을 수 있었다.

얼마 전 13세 소녀가 동생이 도둑질을 한 사실을 알고 중량천 흙탕물에 몸을 던져 목숨을 끊어버린 기사를 읽으면서 살아있는 것이 얼마나 죄스러운가를 자각했지만, 우리 앞에 놓여진 모든 사물을 살아있는 자만이 사랑할 수 있다는 것을 처음으로 깨달았다.

삶은 고통이 있는 길목에서 길들여야 한다. 그래야만 진실이 얼마나 소중한가를 알 수 있고, 마음의 뜰에 고요가 있을 때 자기를 진실로 바라볼 수 있는 마음의 동경(銅鏡)이 나타난다는 것도 알았으면 한다.

지금도 나는 가끔 산사의 방에 홀로 앉아 고요가 있는 곳에 몸을 섞는다.

크리스마스 - 이웃생각

세밑이 되면 항상 우리들 가슴에 와 닿는 것이 한두 가지가 있다.

첫째 우리보다 못한 이웃들에 대한 생각이고, 또 하나는 각종 교회가 만든 예수 탄생의 축제 분위기다.

나는 연말이면 이 두 가지 문제를 연관지어 생각해볼 때가 많다. 사실 하느님은 사랑과 생명의 근원이고 우주만물의 창조자다.

그리고 예수님이 이 세상에 오심은 메시아적 사명을 완수하기 위해 구원의 화신(化身)으로 오신 것이다.

그래서 그리스도 자체를 진리요, 생명이라고 한 것이다. 이것은 부처님의 오심을 진리의 구현이라고 생각하는 것과 다를 바 없다.

불교에서는 여래라는 뜻에서 부처님이 이 세상에 오신 뜻을 찾는다. 여래란 진리의 봄이 오셨다는 뜻이다. 또 여기에는 대비구세(大悲救世)의 원력(願力)이 있다. 그러니까 불타의 탄생은 단순한 진리의 구현체가 아니라 존재의 어둠인 무명(無明) 속에서 진여법신(眞如法身)을 발견치 못한 중생을 깨우치고 구제하기 위해 역사적 존재로 이 땅에 오신 것이다.

잘은 모르지만 그리스도의 탄생의 의의도 이와 다를 바 없다고 본다. 구세사적으로 볼 때 하느님과 인간은 사랑의 관계로 천국에 있다. 다만 인간 스스로가 잘못으로 인해 하느님과 더불어 사랑의 관계를 잃음으로써 원죄(原罪)가 성립되어 구원의 대상이 되었지만 원래 인간은 사랑의 덕성(德性)을 지닌 존재였다. 그렇다면 인간의 잘못은 원죄(原罪) 때문이다. 원죄로 인해 인간의 온갖 고통이 생기고 슬픔이 생긴다. 불교 역시 고통의 근원은 무명에 있다. 이 무명으로 탐진치라는 삼독이 생기고 생사의 윤회가 형성된다.

따지고 보면 무명이나 원죄는 존재의 어둠이다.

예수 그리스도는 바로 이 존재의 어둠을 모든 사람들에게 깨우쳐 주기 위해 구원의 빛으로 오신 것이다. 왜냐하면 고통받고 있는 민중이 하느님의 가족이고 자식들이기 때문이다.

또 구원의 빛으로 볼 때 그리스도의 사랑은 차별이 존재하지 않는다. 생명있는 자들을 평등하게 사랑하고 구원하도록 했다. 무엇보다 인간의 생명과 존엄성을 강조하고 고통받고 버림받는 이웃에게 사랑 그 자체가 되어야 한다고 강조했다.

나는 이러한 메시아 정신을 통해 이웃에 대한 인식이 왜 하필이면 세밑에 이뤄지고 그리스도 탄생인 성탄절에만 고조되고 있는가를 생각해 본다.

사실 원죄로 인해 이루어진 어둠은 축제의 불빛으로 없어지지 않는다. 그리고 광장에 밝힌 여러 개의 등(燈)과 각종 교회에서 밝힌 불빛은 구원의 빛이 아니다. 세상의 어둠을 밝힐 원동력은 바로 사랑의 힘이기 때문이다.

288

크리스마스는 바로 이러한 사랑의 불빛을 밝히는 날이다. 그리고 우리가 이날을 축하하는 것은 한 사람의 탄생을 축하하는 것이다. 사랑과 정의를 약속하고 그것을 사회화하는 것을 약속하는 것이 크리스마스다. 그래서 예수님은 미움의 세계가 낳은 사랑과 정의의 혁명가라고 한 것이다.

그러나 오늘의 크리스마스 불빛은 넉넉한 사랑의 뜰을 지니고 있지 않다. 스스로 믿는 자에게만 구원의 복음(福音)을 전해주고 사랑을 강조하고 있기 때문이다.

이것은 불교도 마찬가지다. 부처님은 모든 만물(萬物)이 여래(如來)가 될 씨앗을 갖고 있다 했다. 유정무정(有情無情)이 불성을 갖춘 존재란 뜻이다. 그러므로 우리의 무관심 속에서 버림받고 고통받는 마음속에 여래가 있는 것이다.

유마거사(維摩居士)는 중생의 병은 곧 나의 병이고 중생의 병이 나을 때 곧 자신의 병이 없어진다고 했다. 중생과 불(佛)이 둘이 아닌 하나의 생명체임을 밝힌 뜻이다.

비록 원죄로 인해 하느님과 인간의 관계가 떨어져 있다 할지라도 인간은 하느님의 영성(靈性) 안에 있는 하나의 생명체다.

부처님의 탄생이 자아의 불빛을 밝히는 법등명(法燈明) 그 자체이듯, 그리스도 탄생도 생명과 사랑의 빛 그 자체라고 할 수 있다.

또 《아함경》에서 '보살은 일체중생에 대해 연민한다. 만약 어딘가에 살기 좋고 괴로움이 없는 드넓은 세계가 있다 할지라도 보살은 자진해서 괴로움이 있는 세계에서 태어난다'고 밝히고 있듯이, 그리스도 역시 고통받는 인간 세계에서의 탄생이기 때문에 메시아적 사명을 완수할 수 있는 것이다.

그러나 오늘날 모든 종교는 대승적 구제정신을 실현하지 못하고 안으로만 비대해지는 느낌이다. 내가 가는 길만이, 또 내 종교만이 제일이라는 고질적 아집과 독선에 빠져있다. 종교가 지니고 있는 시대적 사명을 외면한 채 종교 안에서 개인주의를 지양치 못하고 있는 실정이다. 그리고 불행한 사람들에게 보다 깊은 관심과 사랑을 베풀지 않고 부와 결탁하고 있는 실정이 아닌가 하는 오해를 불러일으킬 만큼 교회나 사원이 비대해지고 있다.

크리스마스를 통해 이러한 내적 자각이 필요할 것 같다.

교회나 사원은 사랑과 자비의 성전(聖殿)이 되어야 한다. 그리고 종교 안의 개인주의도 배척되어야 함은 물론이고, 타종교를 인정치 않는 아집과 독선도 버려야 한다.

올 크리스마스는 화해와 용서의 날이 되었으면 한다. 우리들의 이웃과 중생이 하느님의 가족이고, 여래의 가족이란 차원에서 모든 종교가 화해하여 사랑과 자비의 불빛을 밝혔으면 한다.

빛은 어둠에서 발한다. 어둠이 짙으면 짙을수록 그 불빛도 강하다. 올 크리스마스는 인간의 손으로 만든 지등(紙燈)보다 창조의 새벽을 여는 인간시대의 불빛으로 밝아지기를 바라는 마음 간절하다.

정화(淨化)와 간디

80년대 들어와 정화(淨化)라는 말같이 유행된 단어도 없었고, 또 그 정화적 차원에 의해 희생된 사람들이 많았다. 원래 정화란 자기를 맑히는 작업이다. 그리고 자기를 맑히는 데는 몸가짐을 올바르게 해야 하는 것도 중요하지만, 그보다는 마음이 맑아 있어야 한다.

특히 불교에서 잘못을 뉘우치게 하는 방법에 있어 정화란 방법보다 참회를 통해 어두워진 마음을 맑게 한다. 참회란 허물을 뉘우쳐 다시는 잘못을 범하지 않겠다는 정신적 서원(誓願)이다.

그리고 안으로 자신을 꾸짖고 밖으로 허물을 드러내어 자성의 시간 속에 삐뚤어진 자신을 올바르게 시정케 한다. 앞으로 사람을 정화하는 데 있어 참회 정신을 도입했으면 한다.

왜냐하면 스스로 자책하는 것이 무엇보다 소중하기 때문이다. 그리고 잘못을 깨우쳐 주는 데는 항상 애정이 담겨 있어야 한다. 무조건 법에 의해 강압적으로 단속을 하다 보면 반발이 생기고 위화감이 유발되기 때문이다.

얼마 전 양담배 사건만 해도 그렇다. 물론 사회 지도층부터 단속을 해서 그런지 몰라도 적발된 인사들이 한결같이 저명인사란 것을 알 수 있다. 그동안 이들이 부하직원들이나 공식석상에서 사회정화를 외쳤다면 이율배반이 아닐 수 없다.

또 하나 납득이 잘 안 가는 것은 부정 외래품을 단속하는 데 있어 왜 양담배 소지자만을 집중적으로 단속했는지 그 이유를 알 수 없다. 따지고 보면 부정 외래품 중에 양담배야말로 사소한 기호품에 불과하다.

적발이 되지 않아서 그렇지, 부정 외래품은 가전제품에서부터 의류에 이르기까지 얼마든지 있을 수 있다. 큰 것을 놔두고 작은 것을 가지고 떠들썩한 셈이다.

일찍이 인도의 성자(聖者) 마하트마 간디는 자신을 추종하는 사람들에게 사치품을 압수하라는 명령을 한 일이 있었다. 압수된 사치품은 간디의 손에 의해 불태워져 버렸다.

이 소식을 들은 타고르는 간디에게 다음과 같이 항의했다.

"섬유품이 부족한 인도에서 그 많은 사치품과 의류를 불태워 버린 것은 국가적 손실이다. 소각해 버리기보다 가난한 이웃에게 나누어 주었으면 좋았을 것을……."

이와 같은 항의를 받은 간디는 우리가 불태운 것은 사치품이 아니라 인도 국민의 부패의 원인이 된 죄악을 불살라 버린 것이라고 강조했다.

부정 외래품은 예부터 국가를 좀먹는 부패의 원인이 되었음을 상기할 일이다.

마음을 운전하는 기사

　내가 거처하고 있는 청암사(靑岩寺)는 서울에서 4시간이 소요되는 거리에 있다. 김천을 거쳐 다시 청암사까지 가려면 버스와 택시를 이용해야 한다. 버스는 하루 5회 정도 있지만 비가 많이 오거나 눈이 내리는 날이면 교통은 두절되어 할 수 없이 김천에서 갇히고 만다. 그래서 나는 가끔 택시를 이용한다. 거리상으로는 2백 리 길이 되지만, 택시를 이용하면 1시간이면 청암사에 도착한다.

　나는 청암사를 갈 때마다 단골차를 이용한다. 그리고 어떤 때는 단골차를 기다리기 위해 30분을 더 기다릴 때도 있고 더 지루한 시간을 기다릴 때도 있다. 빈 차를 모는 택시 기사들은 자기 차를 이용해 달라고 손짓을 하지만, 그때마다 나는 외면해 버리고 만다.

　어느 해 겨울이었다. 김천서 청암사를 가기 위해 길가에서 단골차를 기다렸다. 30분이 지나도 기다리는 차는 나타나지 않았다. 하늘에는 먹구름이 덮이고 눈이 쏟아지고 있었다. 나는 길가에서 마치 약속한 사람을 기다리듯이 단골차가 나타나기를 초조한 마음으로 서 있었다. 1시간이 지났는데도 기다리는 택시는 나타나지 않고 있었다. 갑자기 마음속에서 알 수 없는 분노가 치밀고 있었다. 물론 택시기사와 약속한 것은 아니지만, 기다리는 사람이 나타나지 않은 것 같아 배신감까지 일고 있었다.

내쪽에서 일방적으로 단골차를 기다려야겠다는 다짐 때문에 일어난 배신감이었다. 그렇다고 택시기사를 원망할 수도 없었다. 결국 다른 차를 이용할까 마음을 먹었다가 기왕 기다렸으니 참아야겠다고 생각을 고쳐 먹었을 때 단골차는 내 앞에 와 있었다. 그렇게 반가울 수 없었다. 마치 애인이 나타난 기분이었다. 택시기사는 나를 힐끔 쳐다보면서 '많이 기다렸던 모양이지요?' 하고 인사를 했다. 그 표정 속에는 나의 안쓰럽고 처량한 모습이 담겨 있었다. 그리고 자기 차를 기다려 주었다는 고마움이 운전수 얼굴에 역력했다. 이때 나는 처음으로 기사와 손님의 마음이 혼연일체가 되었음을 자각할 수 있었다. 솔직히 말해서 두 사람 사이에 말없는 신뢰가 형성된 것이다.

이러한 신뢰로 인해 운전수는 손님을 친절하고 안전하게 모시려고 노력할 뿐 아니라 손님 역시 기사를 신뢰하고 단골차를 이용하는 인연이 굳어졌다. 신뢰란 사람과 사람 사이에 이루어지는 믿음이다. 이 믿음이 깨질 때 불화가 생기고 불신이 야기된다. 그러나 서로의 믿음이 형성되면 이해관계의 패턴이 무너지고 협조의 미덕이 이룩된다. 그래서 나는 기다리는 것이 지루하고 권태스럽지만 단골차를 이용한다.

그런데 나는 시간에 쫓겨 내 자신이 스스로 약속한 신뢰를 포기하고 다른 차를 이용한 일이 있었다. 김천에서 전남 승주 송광

사를 급하게 갈 일이 있어 택시를 대절했다. 그러나 마음 한구석
에는 꺼림칙한 생각이 지워지지 않았다. 왜냐하면 단골차를 타지
않았다는 불안 때문이었다.

나는 차에 오르고나서 차를 급하게 몰지 말라고 기사에게 부탁
했다. 과속이 사고 원인이란 말도 일러주었다. 기사는 걱정 말라
고 내쪽을 설득했다 특히 거창서 전라도로 가는 길은 고향길처
럼 익숙하여 사고의 염려가 없다고 자신만만했다. 나는 기사의
말을 들으면서 후회를 했다. 비록 기다리는 것이 지루하더라도
단골차를 탈 것을 하고 말이다. 그러나 다시 김천으로 갈 수도 없
는 노릇이었다.

거창을 지나 남원읍을 들어설 무렵이었다. 우리가 탄 차는 과
속을 하고 있었다. 이때 우리 앞에 트럭 한 대가 지나가고 있었
다. 기사는 그 트럭을 추월하려고 핸들을 한쪽으로 틀었다. 그때
였다. 10톤 화물트럭이 거대한 짐승마냥 우리 차 옆을 비호같이
지나갔다. 나는 눈을 감고 심장이 뛰는 소리를 들었다. 그리고 내
가 더 이 세상에 살아남을 수 있는 운명이 있음을 막연하게 생각
했다. 부주의한 과속운전인데도 내 생명이 살아있는 것이 끈질기
다고 생각했을 때 더이상 가고 싶은 마음이 일지 않았다.

남원에서 내려 다른 차를 타고 송광사까지 갈까, 몇 번이고 생
각을 했다가 나는 기사를 향해 오늘 염라대왕 부름을 받을 뻔했
으니 지금부터라도 천천히 가자고 내쪽에서 애원을 했다.

내 목소리는 떨리고 힘이 없었다. 그리고 손님이 기사를 향해
사정하는 내 모습이 처량해 보였다. 그러나 기사는 내가 애원을

하는 것이 통쾌한 모양이었다. 마치 신바람이 나는 양, 차는 점점 속력을 내기 시작했다. 나는 불안과 초조에 휩싸여 기사를 설득할 기력마저 잃고 있었다. 탈진 상태에 빠져버린 나는 모든 것을 기사한테 맡겨야 되겠다고 자포자기하고 말았다.

송광사에 도착했을 때는 어쩐지 다리에 힘이 없었다. 몸 전체에서 힘이 빠져나가 버려 땅바닥에 쓰러질 것 같았다. 편안한 여행이 아니라 삶과 죽음의 기로를 헤매다가 헤어난 기분이었다. 그런데 우리를 태워다 준 택시기사는 마치 짐짝을 부려 놓는 것같이 아무 부담감 하나 느끼지 않고 재빨리 사라져 버렸다. 괘씸한 생각이 가슴속에 치밀었다.

나는 모든 자동차 사고는 운전수 부주의로 일어난다는 것을 새삼스럽게 깨달을 수 있었다. 따지고 보면 차뿐만이 아니라 자신을 몰고 다니는 이 마음 역시 급하게 다루면 사고가 일어남을 또 한번 깨달았다.

공도(公道)는 시행되어야 한다

요즘 독자로부터 대답하기 곤란한 문의전화가 자주 걸려 온다.

"조계종 싸움은 끝났습니까?"

"어느 쪽이 진짜이지요?"

참으로 대답하기 난처한 질문이라서 수화기에서 들려오는 목소리만 듣고 있을 때가 많다. 그리고 싸움은 끝났느냐는 질문을 받을 때마다 조계종은 마치 싸움만 하고 있는 단체같아 쑥스러울 때가 한두 번이 아니었다. 또 어느 쪽이 진짜냐고 다그칠 때마다, 어느 한쪽이 법적으로 합법적 집행부라고 설명하면 법적 투쟁을 하고 있다던데 하고 일방적으로 전화를 끊어버린다. 그럴 때마다 알 수 없는 분노가 치밀기도 하고 마치 죄지은 사람처럼 고개를 들기가 어렵다.

부처님은 시비하는 장소에는 가지 말라고 했고, 남의 허물을 탓하기 전에 자신의 허물부터 발견하여 시정하라고 깨우쳐 주었다. 어느 일이고 옳고 그름은 있을 수 있다. 그래서 시비는 생겨난다.

그러나 시비의 원인은 무엇보다 아집과 독선에서 일어난다는 것을 깨달을 필요가 있다. 내가 가는 길만이 옳다고 주장하는 자

체가 아집이고 독선이다. 그래서 부처님은 항상 원융무애(圓融無
礙)로 독선을 깨우쳤다. 그렇지만 깨침을 인가하는 분상에도 상
벌이 분명하다고 중국 고봉선사는 말한 일이 있다. 미오(迷悟)를
확실히 밝히자는 뜻이다. 미오의 전도야말로 불조(佛祖)를 속이
는 일이기 때문이다. 그러나 우리 주위에 아쉬운 것은 무엇보다
기강(紀綱)이다. 일찍이 이언적(李彦迪) 선생은 기강에 대해서 다
음과 같이 말한 바 있다.

"기강이란 저절로 서는 것이 아니라 어질고 밝은 인물이 앞장
서야 바로 선다. 그리고 기강은 저절로 이루어지는 것이 아니다.
공도가 먼저 시행되어야 한다."

여기서 우리는 매우 중요한 것을 발견할 수 있다. 첫째 기강을
세우는데 어질고 밝은 인물과, 둘째 공도가 먼저 시행되어야 함
을 주장하고 있기 때문이다.

현금 조계종단은 원로스님들에 대한 존경심이 부족한 것 같다.
그리고 큰스님들이 깨우쳐 준 일들을 너무 소홀히 하여 일체감을
잃고 있는가 하면 나아가 불신해 버리는 경향까지 짙어지고 있
다. 이것 역시 기강이 잡히지 않은 데서 초래된 현상일 것이다.

질서를 지키는 데에서 화합과 화해는 이루어진다. 그래서 공자
는 하루 한 가지 선행을 실천하다 보면 1년이면 3백이 넘는 선행
이 이룩된다고 했다. 귀담아 들을 이야기다.

선재의 천수천안

인쇄 • 1999년 12월 13일 초판
발행 • 1999년 12월 15일 초판

지은이 • 정 휴 스 님
펴낸이 • 김 동 금
펴낸곳 • 우리출판사

등록 • 제9-139호
서울특별시 서대문구 충정로3가 1-38호
TEL.(02) 313-5047 · 5056
FAX.(02) 393-9696

ISBN 89-7561-118-3 03810
89-7561-117-5 (세트)

정가 **10,000**원

＊잘못 제작된 책은 교환해 드립니다.